시와 영화 그리고 정치

김효신 지음

이 책은 2012년 대구가톨릭대학교 교내연구비 지원에 의한 것입니다.

지은이 김효신

한국외국어대학교 이태리어과 및 동 대학원 졸업
영남대학교 국문학 박사(비교문학전공)
현재 대구가톨릭대학교 한국어문학부 한국어교육전공 주임 교수

저서 『한국 근대문학과 파시즘』, 『이탈리아문학사』, 『세계 30대 시인선』, 역서 『칸초니에레』, 논문 「한국 근대문화에 나타난 이탈리아 파시즘의 수용 양상 연구」, 「미래주의 선언과 한국문학: 1930년대 시를 중심으로」, 「마리네티의 미래주의 시 소고」, 「이탈리아의 시 연대기적 소고」, 「파솔리니의 시에 나타난 그리스도와 종교의 의미」, 「파솔리니 시에 나타난 '어머니'의 의미 연구」, 「잔니 로다리의 동화시 연구」, 「김소월과 레오파르디의 낭만적 염세주의 비교연구」, 「김동석 시집 『길』에 나타난 순수·이념의 이분 양상 소고」, 「페트라르키즘과 유럽문화 연구」, 「웅가렛티 단시와 삶의 진정성 소고」, 「이상의 시와 시대적 저항성」, 「1930년대 한국 근대시에 나타난 파시즘 양상 연구」, 「임화와 파솔리니의 시 비교연구」, 「동성애 코드, 파솔리니의 시와 정치 소고」, 「한국 근·현대시에 나타나는 프로메테우스 수용양상 소고」, 「단눈치오와 무솔리니, 그리고 시적 영웅주의 연구」 외 다수.

시와 영화 그리고 정치

1판 1쇄 인쇄_2014년 12월 15일
1판 1쇄 발행_2014년 12월 25일

지은이_김효신
펴낸이_양정섭
펴낸곳_도서출판 경진
등록_제2010-000004호
블로그_http://kyungjinmunhwa.tistory.com
이메일_mykorea01@naver.com

공급처_(주)글로벌콘텐츠출판그룹
대표_홍정표
편집_노경민 김현열 김다솜 **디자인**_김미미 **기획·마케팅**_이용기 **경영지원**_안선영
주소_서울특별시 강동구 천중로 196 정일빌딩 401호
전화_02) 488-3280 **팩스**_02) 488-3281
홈페이지_http://www.gcbook.co.kr

값 11,200원
ISBN 978-89-5996-430-7 03800

시와 영화 그리고 정치

김효신 지음

경진출판

책을 펴내며

시와 영화를 정치라는 키워드로 푼다면…

흔히들 시와 정치를 언급할 때 물과 기름처럼 서로 어울리지 말아야 할 것이라는 이상(理想)을 토로한다. 정치의 파장이 사회 전반 곳곳에 영향이 미친다 할지라도 시와는 상관없는 것이며, 순수해야 할 예술, 그 이름 시(詩)를 더럽히고 욕되게 하는 존재가 정치(政治)라는 것이다. 그렇다면 정치에 물들여진 시는 과연 예술성이 더럽혀지고 순수하지 않은 것인가? 꼭 그렇게 단정 지을 수는 없는 것이다. 왜냐하면, 정치성을 드러내는 수많은 예술적 시들이 존재하기 때문이다. 정치란 예술의 보류된 영역을 정치에 맞서 옹호하는 경우라도, 어찌되었든 부정적인 형태로라도 여전히 존재하는 것이다. 또한 오늘날 영화는 문학의 확장의미로서 가장 보편적인 문학적 텍스트임을 감안하면 그 어느 문학적 영역보다도 정치에 민감하고 영향을 받을 수밖에 없다. 비평가 박종성은

“영화는 다 정치적이다”라고 선언한 바 있다. 또한 폴 프티티에는 “19세기의 문학 텍스트를 살펴보면, 사건이나 현대의 정치적 논쟁에 대한 암시와 이른바 정치사상가의 이론들, 그리고 정당 정책에 대한 언급을 포함하지 않은 텍스트는 거의 존재하지 않는다”고 하면서, 만약 그 사실을 감안하지 않고 무시한다면, 문학 작품을 이해하는 것은 불가능하다고 단언하고 있다. 하물며 20세기를 넘기고 21세기에 와 있는 오늘날 그 어떤 시기보다도 정치적이고 정치성이 모든 문화와 일상생활에까지도 깊숙이 침투해 있는 상황을 감안한다면, 시와 영화를 정치라는 키워드 없이 풀어내고 읽어 낸다는 것이 과연 가능하겠는가? 사실, 시와 영화를 정치라는 키워드로 풀어야 함을 전제로 내세운 이 책이 주는 무게감에 부담을 갖는 분이 계시다면 그것은 ‘우려와 편견’임을 이야기하고 싶다. 그 얽히고설킨 복잡한 관계들과 이해의 심연을 파헤쳐 비교문학을 어렵게 생각하는 분들과 함께 하고 싶은 마음에서 이 책을 준비하게 되었다. 시와 영화 그리고 정치라는 쉽지 않은 주제를 비교문학적 견지에서 풀어 보고 같이 공감하는 자리를 마련하고자 했던 것이 그 출발이었으리라.

그리고 준비 과정에서 힘겹게 산고를 겪듯, 어려운 과정을 통과해 나가도록 애를 써 주시고, 너무나 부족한 원고를 애정 어린 진솔한 마음으로 품어서 새로운 모습으로 태어나게 해 주신 도서출판 경진의 양정섭 대표님 이하 여러분들께 이 자리를 빌어서 진심으로 감사를 드린다.

또한 얼마 전 이 세상 소풍을 마치시고 하늘나라에 가신 아버지 김요한의 영정에 이 책을 바치는 바이다.

2014년 12월

금락골 연구실에서

김효신

목 차

호메로스 서사시와 정치

시와 유토피아

시와 파시즘 / 반파시즘

시와 이데올로기

일반론의 문학과 정치

1. 정치적인 것, 소통 그리고 문학

시와 정치를 더 확대한 것이 문학과 정치일 것이다. 사실 예전에는 시가 곧 문학이었다. 그렇게 생각하면 시와 정치는 문학과 정치라고 할 수 있겠지만, 그래도 더 포괄적인 의미의 문학과 정치에 관한 기본적인 생각들을 잠시 정리해두고자 한다.

문학은 그 발생 초기부터 비인간화 현상에 대한 비판을 통해 성장해 왔다. 이에 대해서 크게 세 시대로 구분지어 볼 수 있다.

고대 원시 시대에는 자연과의 대결에서 그 위력에 대한

외경과 비판, 순종의 정서를 익혔는데 이는 종교문학과 일치한다.

그 다음 세대에는 사회적 체제에 대하여 부단히 도전해 왔는데 현실비판의식의 시대이다.

이 시대의 뒤를 이어서 과학 문명에 대한 비판이 이어지는데 현대 생태 환경문제가 이것이다.

인간의 구원을 지향하는 문학은 가장 비인간화를 촉진해 온 정치에 대하여 가장 민감한 반응을 나타냈으며, 이것이 바로 정치와 문학의 함수관계를 만든 요인이 되었다. 그러나 문학은 정치를 생경하게 다루는 것이 아니라 예술적인 승화 과정을 거쳐야 하기에 문학 속의 정치 이야기는 또 다른 세계를 제공한다.

문학은 인간 경험의 목소리이다.

문학의 주제는 인간 경험이다.

문학의 주제가 인간 경험이라는 것은 일반화된 내용이다. 곧 추상적인 사상이나 개념이 아니라 경험적인 것이다. 문학은 우리에게 주는 지식이나 진리를 실제적으로 경험화된 것으로 사실화하고 진리를 인식하는 것이다. 다시 말해서 문학은 인간의 경험에 대해서 말해 주는 것이 아니라 보여 주는 것이다. 그것은 구체적인 것이다. 그것은 진술적이라기보다는 실제 일어나는 일들의 행위이다. 예를 들어 우리에게 미(美)나 미덕에 대해 추상적인 개념을 던져 주는 것이 아니라 문학은 행위를 통해 선한 인물과 악한 인물을 등장시킨 이야기로 표현한다. 문학의 의도는 사상을 지적인 개념으로 형식화하는 것이 아니라 인간 경험을 구체화하는 것이다.

우리는 언어를 사용하여 문학 작품과 설명 형식 또는 사실적 기록 형식과의 글을 적당하게 대조해 볼 수 있다. 설명적인 글은 어떤 주제에 대한 사실이나 정보를 가능한 한 객관적으로 그리고 정확하게 우리에게 전달한다. 반대로 문학은 우리의 상상력을 동원하게 한다. 문학은 독자들의 경험이나 상황을 되살릴 수 있는 충분한 상술과 구체성을 가지고 경험과 상황을 재창조하는 데 목표를 둔다.

순수, 유미주의적 문학이 아닌 문학은 정치 사회적 요소를 그대로 담고 있는 참여문학이다.

문학을 현실사회와 괴리된 것, 뜬 구름 잡는 이야기로 치부한다면 미래 설계에 매진해야 할 이들에게 시간 낭비로 간주되지는 않을 것인가?

물론 순수문학의 효용성도 사회생활 설계에 직접적인 역할은 하지 못하더라도 정서적 휴식과 에너지 재충전이라는 관점에서 보면 확실한 가치를 발휘한다. 그러나 이것으로는 충분하지 않다.

정서를 순화시키는 순수문학도 좋지만 현실적 감각과 사회적 정치적 성향을 담고 있는 문학, 참여문학이 현실적인 판단력과 비판의식을 긍정적인 부가 가치로 키워갈 수 있게 하는 것이다. 비교문학적 관점에서 현실비판 의식을 가장 광범위하게 확대시켜 주는 것이 다름 아닌 문학과 정치이다.

문학과 정치는 동서고금을 통틀어서 너무나 흔한 주제이자, 동시에 많은 문제를 안고 있는 과제 중의 하나이기도 하다.

글쓰기 기교로 규정된 실천으로서의 문학, 특정한 집단적 실천형태로서의 정치, 이 양자 간에 어떤 본질적 관계가 있음을 전제로 한다.

문학과 정치의 관계는 이제껏 문학의 정치성 또는 정치적인 문학이라는 한정된 틀에서 문학의 비본질적인 변종으로 인식해 왔다. 그래서 참여문학, 또는 정치문학이라고 해서 문학의 곁길처럼 그 의미를 축소했다. 그런데 문학 창작은 일상적 사유나 당대의 중심 가치 너머에 있는 문학적 상상력을 기반으로 한 적극적인 표현 욕구의 발로라는 점에서, 문학의 정치성은 문학의 비본질적인 외연의 한 부분이 아니라, 그 중핵의 하나일 것이라는 가설에서부터 시작되는 연구라 할 것이다.

우리는 정치를 권력 행사와 권력을 위한 투쟁과 혼동한다. 권력이 있기 때문에 정치가 존재한다는 것도 아니고, 공동적 삶을 규율하는 법칙들이 존재한다는 사실로도 정치를 충분하게 설명할 수 없다고 보는 것이 타당할 것이다. 공동체의 어떤 특정한 형태의 지형(地形)이 있어야 한다. 정치란 특정한 경험들의 영역을 구성하는 것이다. 이 영역 안에서 어떤 대상들은 공동적인 것으로 간주되며, 어떤 주체들은 이 대상들이 무엇인지 지칭하고 대중에게 그 이유를 설명하는 역량을 지닌 사람들로 취급된다.

일찍이 아리스토텔레스는 "인간은 정치적 동물이다"라는 유명한 명제를 천명하였다. 이는 동물이 쾌감과 고통을 표현하는 목소리만 갖는 데 반하여, 인간은 정의와 불의를 공동적으로 제기할 수 있는 말을 소유하고 있음을 가리키는 말이다. 문제는 어떤 말이 의결적인 말이며 그리고 무엇이 불쾌의 표현인지를 판별할 줄 아는 데 있다. 어떤 의미에서 정치 행위는 정치적 능력이 입증되는 감성의 경계를 추적하기 위한, 이를테면 무엇이 말이고 외침인지를 결정하는 하나의 갈

등이다. 플라톤은 『국가』에서 장인들은 자신들의 작업 이외에 어떤 것도 할 수 있는 시간이 없다고 직설적으로 진술한다. 그들의 업무량, 일과표, 그리고 이 일과표에 적응해야 하는 업무의 수용력 등은 그들이 정치행위를 구성하는 부가행위(附加行爲)에 접근하는 것을 용인하지 않는다. 그런데 정치는 이 불가능성에 의문을 던질 때에야 비로소, 자기 일 외에는 다른 것을 살필 시간이 없는 사람들이 분노하고 고통받는 동물이 아니라 공동체에 참여하면서 말하는 존재라는 것을 입증하기 위해 자기들에게 없는 시간을 가질 때에야 비로소 시작된다. 그러므로 여기서 인간이 '정치적인 동물'이기에 공동체에 참여하여 말하는 존재임을 스스로 입증하는 행위를 강조한 고대의 아리스토텔레스의 사상을 이어 받아 정치적인 것이 무엇인지를 설파하는 현대의 철학자의 소리를 들어 본다.

한나 아렌트는 정치적인 것은 소통하는 것이라 하였다.

정치적인 것은 무엇인가? 이에 대해 아렌트는 인간들 사이의 언어를 통한 소통이라고 말한다. 인간에게 주어진 능력 중에는 말할 수 있는 능력이 있다. 말할 수 있다는 것은 어떤 언어를 사용할 수 있는 능력이 있다는 것 이상을 의미한다.

한나 아렌트(Hannah Arendt, 1906~1975)

제2의 로자 룩셈부르크로도 불리는 한나 아렌트는 시몬느 베이유, 로자 룩셈부르크, 에디트 슈타인과 함께 4대 유태인 여류 철학자로 꼽힌다. 아렌트는 1906년 독일의 하노버에서 유태인으로 태어났다. 그녀는 유태인으로서의 자의식을 평생 강하게 간직하며 살았는데, 이러한 조건이 그의 삶이나 사상에 끼친 영향도 적지 않은 것으로 평가되고 있다. 마르부르크 대학과 프라이부르크 대학에서 수학했고, 하이데거의 지도를 거쳐 야스퍼스 아래에서 「아우구스티누스에 나타난 사랑의 개념」이란 논문으로 철학박사학위를 받았다. 1933년 나치를 피해 파리로 가서는 유태인 난민을 돕는 활동을 하면서 브레히트, 벤야민, 츠바이크 같은 지식인들과도 교류한 것으로 알려져 있다. 파리까지 독일군에 함락되면서는 미국으로 건너가 뉴욕에 정착, 10년 후인 1951년 미국 시민이 되었다. 출판사 편집자와 연구소 연구원 등을 거치기도 했으며 1963년 시카고 대학 교수에 이르기까지 버클리, 프린스턴, 콜롬비아 대학 등에서 강의를 했다. 독일 아카데미로부터 프로이트 상을, 덴마크 정부로부터 소니그 상을, 함부르크 시로부터 레싱 상을 수상하는 등 1950년대와 1960년대를 실천적 강의와 저술 활동으로 빼곡히 채우며 세계 지성인의 주목을 받았다. 미완성작으로 남은 『정신의 삶』을 집필하던 중, 1975년 12월 심장마비로 세상을 떠났다. 지은 책으로 『전체주의의 기원』, 『인간의 조건』, 『예루살렘의 아이히만』, 『혁명에 관하여』, 『공화국의 위기』 등이 있으며 사후에 『정신의 삶』, 『칸트의 정치 철학 강의』가 출간되었다.

그것은 인간에게 자신만의 고유한 목소리가 있다는 것을 의미하는데, 이 목소리는 바로 '견해'이다. 사람들은 각자의 견해를 가지고 있으며, 견해의 고유성이 인간 하나 하나의 고유성을 드러낸다. 한 인간은 어느 누구와도 똑같은 삶을 살지 않는다. 사람들의 삶의 수는 사람들의 숫자만큼 존재하며, 누구나 삶의 고유성을 지닌다. 이런 자신만의 고유성을 타자에게 보여줄 수 있을 때, 한 인간은 자신의 진정한 고유성을 찾게 된다. 왜냐하면 모든 인간은 관계 속에서 살아가는데, 그러한 인간으로서 자신의 고유성은 타자와의 교류 혹은 인정 속에서 생겨나기 때문이다. 교류와 인정은 항상 자신 안에 들어 있는 자신의 고유한 견해를 말로 표현할 때 시작된다. 진정한 인간의 활동은 이 견해를 다른 사람들에게 이야기하는 것이다. 그런 점에서 사람들은 근본적으로 이야기꾼들이다. 이런 이야기꾼들의 가장 중요한 주제는 객관적인 세계로, 모든 사람들이 듣고 공감할 수 있는 주제로 이야기한다. 그러므로 주제는 당연히 사회의 공적인 일들이 된다. 아렌트는 정치적인 장에 나와서 다른 사람들에게 사회의 공적인 일들에 대한 자신의 의견을 들려주는 것을 인간이 할 수 있는 최고의 활동으로 여겼다. 아렌트는 이렇게 사람들이 공공의 일에 대해서 이야기할 수 있는 곳을 공적 영역이라고 부른다. 공적 영역의 장은 근본적으로 정치적 장이며, 말이 중심이 된다는 점에서 의회가 공적 영역의 중심이 된다. 아렌트에게 인간의 활동 중 가장 의미 있는 활동은 정치활동이다. 그러나 우리가 알고 있는 모든 정치체제가 진정한 정치체제는 아니라고 아렌트는 믿었다. 그녀는 말이 시작되는 곳에서 정치가 시작되고, 말이 끝나는 곳에서 정치가 끝난다고 생각했다. 이런 입장에서 보면, 말할 수 있는 자유가 제한되는 체제는 진정한 정치체제가 아니다. 아렌트는 말할 수 있는 자유가 제한되는 체제, 일방적으로 명령이 전달되고 구성원들이 그것에 대해 아무런 이의 제기 없이 복종하는 체제를 전체주의라고 보았다. 결론적으로 아렌트에게 전체주의란 정치적 장에서의 말이 끝난 체제, 혹은 그것을 제거하려는 체제라고 할 수 있다.

인간들 사이의 언어를 통한 소통이 그대로 외부세계로 표출될 때 그것은 의견이고 견해이다. 그런데 이러한 견해가 문학이라는 표현수단으로 드러날 때 우리는 여기에 예술적 가치를 부여한다. 문학은 동시에 사회적 산물로서 정치적이고 사회적인 환경에 종속되어 있는 작가의 경험세계가 드러나기 때문이다. 특히, 정치 사회적 현실이 피지배적일 수록

문학작품은 시대적 정치 사회의 갈등과 모순을 드러내는 촉매역할을 하게 된다. 이러한 촉매역할을 한 내역을 시와 영화화된 소설 등을 중심으로 일부는 연대기적으로 일부는 동시대적, 즉 현대적으로 나라별 대표 작품들을 중심으로 정리하였다. 국제화 시대에 발맞추어 세계적인 문학적 안목과 동시에 세계의 현실을 문학이라는 매체를 통해서 바라볼 수 있게 하는 것이다.

2. 인류의 고전, 성서 속 문학과 정치

성서는 설명적인 글과 문학적인 글, 둘 다를 풍부하게 포함하고 있다. 하나의 방법이 다른 어떤 방법보다 본질적으로 좋고, 더 효과적인 것은 아니다. 그리고 우리는 삶과 진리의 모든 측면의 정당성을 내리기 위해 분명히 두 가지 형태의 글을 필요로 한다.

가장 오래된 베스트셀러 성서의 문학적인 글에서 시와 정치의 주제를 찾아본다.

가장 먼저 찾아본 성서 속 문학적인 글은 구약성서 시편 137편 1절에서 6절까지이다.

1 바빌론 강 기슭
거기에 앉아
시온을 생각하며 우네.
2 거기 버드나무에
우리는 비파를 걸었네.
3 우리를 포로로 잡아간 자들이
노래를 부르라,

우리의 압제자들이 흥을 돋우라 하는구나.

"자, 시온의 노래를 한가락

우리에게 불러 보아라."

4 우리 어찌 주님의 노래를

남의 나라 땅에서 부를 수 있으랴?

5 예루살렘아, 내가 만일 너를 잊는다면

내 오른손이 말라 버리리라.

6 내가 만일 너를 생각 않는다면

내가 만일 예루살렘을

내 가장 큰 기쁨 위에 두지 않는다면

내 혀가 입천장에 붙어 버리리라.

조지 고든 바이런

조지 고든 바이런(George Gordon Byron, sixth Baron, 1788~1824)은 영국의 시인이자 존 키이츠, 퍼시 셸리와 함께 낭만주의를 선도하는 인물로 알려져 있다.

시편 137편의 1절에서 "바벨론 강 기슭 / 거기에 앉아 / 시온을 생각하며 우네"라고 한 부분은 다른 시나 노래에서 많이 인용된다. 그중에서 영국 낭만주의 시인 바이런이 노래한 시 「바빌론 강가에 앉아 울었다」를 인용할 수 있다.

1

바빌론 강가에 우리는 앉아 울었다
우리는 생각했나니, 우리의 원수가
살육의 외침으로 살렘의 거룩한 땅을
그 먹이로 삼았던 날의 일을.
아아 비참하게 버려진 처녀들이여

너희는 울면서 사방으로 흩어졌더니라.

2

그리고 우리는 크게 슬퍼하면서
생각에 잠겨 거센 물줄기를 내려다보고 있을 때
사람들은 노래를 청하였다. 하지만 어찌
그 승리를 이방인들에게 알릴 수 있으랴!
원수를 위해 우리의 귀한 거문고를 울리기 전에
이 오른손이 영원히 말라버리고 말아라!

3

버드나무에 지금 그 거문고가 걸려 있나니
아아 살렘이여, 리라로 노예의 소리를 어찌내랴.
살렘이여 그대의 영광이 끝났을 때
그대는 이러한 예감을 나로 하여금 느끼게 했다.
리라의 부드러운 가락에 실어 내 손으로
약탈자의 소리를 섞게 하는 일은 없으리라고.

—바이런, 「바빌론 강가에 앉아 울었다」 중에서[1]

---

1) 바이런의 시집 『히브리 노래』에서.

두 번째로 찾아보는 성서 속 문학적인 글은 구약성서 시편 27편 1절에서 6절까지를 인용해 본다.

1 [다윗]

주님은 나의 빛, 나의 구원.

나 누구를 두려워하랴?

주님은 내 생명의 요새.

나 누구를 무서워하랴?

2 악인들이 내 몸을 집어삼키려

달려들지라도

내 적이요 원수인 그들은

비틀거리다 쓰러지리라.

3 나를 거슬러 군대가 진을 친다 하여도

내 마음은 두려워하지 않으리라.

나를 거슬러 전쟁이 일어난다 하여도

그럴지라도 나는 안심하리라.

4 주님께 청하는 것이 하나 있어

나 그것을 얻고자 하니

내 한평생

주님의 집에 살며

주님의 아름다움을 우러러보고

그분 궁전을 눈여겨보는 것이라네.

5 환난의 날에

그분께서 나를 당신 초막에 숨기시고

당신 천막 은밀한 곳에 감추시며

바위 위로 나를 들어 올리시리라.

6 나를 둘러싼 원수들 위로

이제 내 머리를 치켜들어

나 그분의 천막에서

환호의 희생 제물을 봉헌하고

주님께 노래하며 찬미 드리리라.

앞서 살펴본 시편 27, 137편 등은 시온의 노래로 알려진 기도 시편의 일부이자, 예루살렘과 예루살렘에 있는 성전을 기리는 기도들이다. 시편이 종교적인 시가들임에도 불구하고 다분히 정치적인 성향의 내용이 두드러진다. 시온의 노래는 현대에 와서 유행가나 영화에 인용이 되거나 상징적으로 사용되는 경우도 있다.

시온은 여러 화려한 명칭들을 지니고 있다. 예를 들어 다윗 왕조의 도읍, 종교 중심지, 지존의 거처들 가운데 가장 거룩한 거소, 하느님의 도성, 대왕의 도읍 등이 그것이다.

세 번째로 찾아보는 성서 속 문학적인 글로는 시편 제2편을 인용해 볼 수 있다. 이 제2편 역시 성서 관련 시와 정치의 가장 두드러진 예 중의 하나이다. 여기서는 다윗 왕[2]과 그 당시 시대를 그대로 읽을 수 있게 해 준다.

1 어찌하여 민족들이 술렁거리며
  겨레들이 헛일을 꾸미는가?
2 주님을 거슬러, 그분의 기름부음받은이를 거슬러
  세상의 임금들이 들고 일어나며
  군주들이 함께 음모를 꾸미는구나.
3 "저들의 오랏줄을 끊어 버리고
  저들의 사슬을 벗어 던져 버리자."
4 하늘에 좌정하신 분께서 웃으신다.
  주님께서 그들을 비웃으신다.
5 마침내 진노하시오 그들에게 말씀하시고

---

2) 다윗 왕: 고대 이스라엘의 제2대 왕. 제사제도를 정하였으며 예루살렘을 중심으로 유대교를 확립하였다. 시인으로서도 명성을 떨쳤으며 구약성서 시편의 상당부분은 다윗이 지은 것이라고 한다.

분노하시어 그들을 놀라게 하시리라.

6 "나의 거룩한 산 시온 위에

내가 나의 임금을 세웠노라!"

7 주님의 결정을 나는 선포하리라.

나에게 말씀하셨다. "너는 내 아들.

내가 오늘 너를 낳았노라.

8 나에게 청하여라.

내가 민족들을 너의 재산으로,

땅 끝까지 너의 소유로 주리라.

9 너는 그들을 쇠 지팡이로 쳐부수고

옹기장이 그릇처럼 바수리라."

10 자, 이제 임금들아, 깨달아라.

세상의 통치자들아, 징계를 받아들여라.

11 경외하며 주님을 섬기고

떨며 그분의 발에 입 맞추어라.

12 그러지 않으면 그분께서 노하시어 너희가

도중에 멸망하리니

자칫하면 그분의 진노가 타오르기 때문이다.

행복하여라, 그분께 피신하는 이들 모두![3]

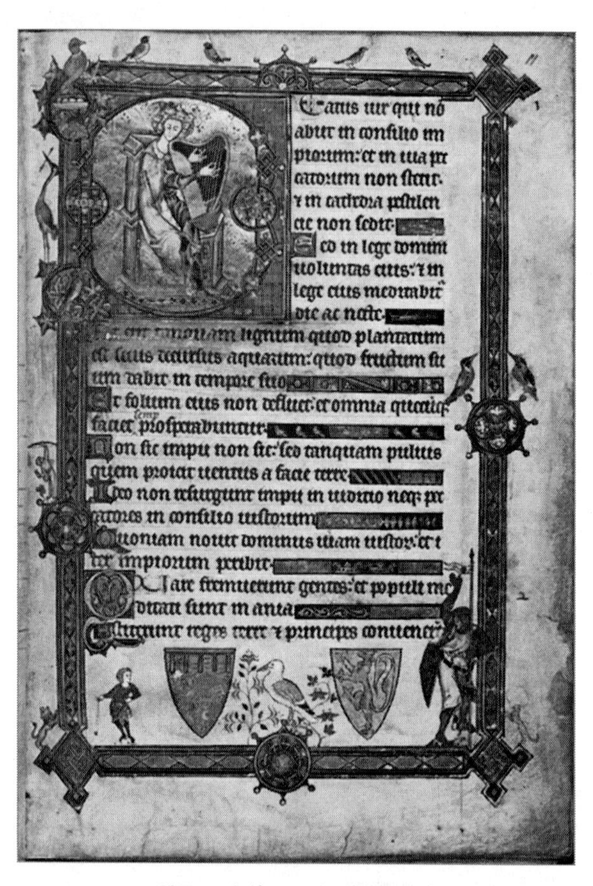

알폰소 시편(1284년, 대영도서관)

『구약성서』 중의 한 책으로 다윗 왕의 작품이라 한다. 시 150편을 모은 것으로 유대교, 기독교에서 예로부터 의례 때 부르는 성가집으로 사용되었으므로 독립된 하나의 책인 경우도 많다.

---

3) 시편 제2편 전문.

다윗의 시편

19세기까지 시편의 저자는 다윗(?~B.C. 961)인 것으로 여겨졌다. 특별히 시편 자체에서 다윗의 이름으로 칭해지는 시편은 모두 74편이나 된다. 칠십인역은 더욱이 14편의 시가를 추가하여 다윗의 것으로 여기고 있다. 대체로 신약성경 저자들은 시편의 저자가 다윗인 것을 당연하게 여기고 있다. 마르코 복음서 12장 35절에서 37절을 보면 "다윗이 성령에 감동하여 친히 말하되"라며 다윗의 저작설을 확고히 여기고 있다. 이는 이 논제에 대해서 전혀 비평적으로 받아들이지 않는다는 것이다. 여기 인용된 시편 제2편은 다윗의 시라고 표제가 적혀 있지도 않는데 말이다. 사무엘 상·하서도 역시 사무엘이 죽은 이후의 이야기가 나옴에도 저자가 사무엘로 되어 있다. 이것은 오경이 모세의 이름으로, 잠언을 솔로몬의 이름으로 칭하는 것과 같다.

하지만 전적으로 시편과 다윗의 관계가 없는 것은 아니다. 다윗이 음악적 재능이 탁월했음도 그가 시편의 많은 부분에 개입했음을 알게 해 준다.

그럼에도 시편의 전체도 다윗의 것이 아니며, 다윗의 이름의 표제가 있다고 다윗의 시가 되는 것은 아니다. 시편의 표제의 '레다윗'이라는 말도 다윗에 의해서라고 할 수 있지만,

다윗을 위한, 다윗에 관한이라는 해석도 가능하다. 말하자면 다윗의 시편이라는 것은 왕궁에서 불리어질 수 있는 인증서 같은 것이라 볼 수 있다. 하지만 후대로 가면서 더 많은 시편을 다윗의 삶과 연관시키면서 다윗의 이름으로 칭해진 것들이 많아진다.

이것은 다윗을 하느님 앞에서 우리와 동일시 여기고 싶었기 때문이 아닐까?

다윗은 모형적인 인물로서, 하느님의 백성의 참상과 위대함을 모두 보여 주는 양면 모두의 삶을 살아왔기 때문에 다윗의 실패와 좌절, 하느님의 신실하심으로 말미암아 다시 회복되는 그의 모든 인생역정에서, 이스라엘은 하느님의 백성으로 모든 시대에 타당한 그들 자신의 경험에 관한 표현을 하게 되는 것이다.

다윗과 관련된 유명한 성서적 일화가 바로 〈다윗과 골리앗[4]의 싸움〉이다.

---

4) 골리앗: 구약성서의 『사무엘 상』 17장에 나오는 불레셋군(軍: 펠리시테군)의 장군.

<다윗과 골리앗의 싸움: 골리앗을 참살한 다윗>(구스타브 도레, 1866년 작)

시스티나 성당 천장화 중 일부인 다윗과 골리앗(미켈란젤로, 1509년 작)

이 일화에 관한 줄거리는 대략 다음과 같다.

강국 블레셋은 힘센 장사이며 백전노장인 그를 앞세워 이스라엘을 침공하였다. 이때 사울 왕국의 이스라엘 측 양치기 소년인 다윗이 맨손으로 골리앗과의 1대 1의 단판싸움에 나서, 물맷돌을 던져 그의 이마에 적중시킴으로써 그를 쓰러뜨리고 승리한다. 골리앗은 키가 약 2.9m나 되는 거인으로 전해진다. 다윗과의 싸움은 옛날부터 회화·조각·동화 등의 소재로 많이 다루어졌다.

다윗의 무덤이라고 되어 있는 표지

다윗의 무덤에는 다윗 가문의 이름이 적힌 주전 8세기 비석이 발견되었다.

다윗의 별

이탈리아 밀라노에 있는 오래된 히브리어 무덤의 유대인 기호

가버나움 유적지에서 발굴된 세계 최초의 다윗 별

시와 정치: 그 시작으로부터

1. 시모니데스의 시와 정치

오래 전부터 많은 사람들은 시가 정치와 어느만큼의 결합을 가질 수 있다는 생각을 받아들이기를 꺼려, 정치가 미치는 곳은 설사 사회적 사건의 전 범위에 걸친 것일지라도 시와는 상관없는 일이며, 정치가 시의 영역을 넘보면 대개가 성공하지 못할뿐더러 때로는 통탄스러운 결과를 빚어, 그 영향은 본래 순수해야 할 예술을 더럽힌다고 그들은 생각한다. 그렇지만 과거 수세기에 걸쳐 대중적 주제는 세계 각지의 통상적 일들이었다.

대중적 주제는 그리스인의 정신과 결코 무관한 것이 아니고, 때로 신화나 상징 속에 은폐시키는 일은 있어도 주제 그 자체를 무서워하지 않았던 것은 확실하다. 여기에는 시모니데스(Simonides)[1]나 아이스퀼로스(Aeschylus)[2] 같은 시인을 높이 평가했다. 다음은 시모니데스의 유명한 시이다.

---

1) 시모니데스(B.C. 556~B.C. 468): 고대 그리스의 서정시인. 조카인 바킬리데스, 유명한 핀다로스와 함께 '3대 합창시인'이라 일컬어진다. 이오니아의 케오스 섬 태생이다. 아테네를 비롯해 히에론의 궁정 등 여러 보호자 밑에서 뛰어난 시재를 보였고, 페르시아 전쟁 때에는 애국적 노래로 실력을 떨쳤다. 페르시아 전쟁 때의 전사자의 묘비명으로 유명하며 합창대가·경기 축승가·찬가·만가 등 광범위한 영역에 걸쳐 시작을 하였으나 약간의 단편과 비문만이 전해진다.

2) 그리스 3대 비극 시인의 제1인자이다. 일찍부터 연극 경영에 참가하여 26세 때에 첫 상연을 인정받았다. B.C. 491년의 페르시아 전쟁에는 형과 함께 아테네군으로서 마라톤 벌판에서 싸웠는데 형은 전사했으나 그는 이 전투의 종군을 평생의 자랑으로 삼았다. 그는 깊은 종교심과 함께 신의 섭리와 정의의 종국적인 승리를 확신한 애국적인 주제를 다루고 있다. 거기에 선과 영웅들이 등장하는 웅장한 장면을 조잡하지만 힘차고 건강한 시구와 상상력, 추종을 불허하는 엄격한 대사로서 표현하여 연극 경연에서 13회를 우승하는 대성황을 보였다. 또한 비극 배우의 수를 1명에서 2명으로 늘리고 배경과 분장에 큰 진보를 보였으며 비극의 기교를 개척하는 등 연극사에도 큰 공헌을 하였다. B.C. 468년 신예 소포클레스가 나타나서 경연에 패한 뒤 시칠리아에 가고 거기서 사망했다. 70여 편의 작품 중 『묶여진 프로메테우스(*Prometheus Desmotes*)』(B.C. 458), 『구원을 바라는 여인들(*Hiketides*)』, 『페르시아 사람들(*Persai*)』(B.C. 472), 『테베를 공격하는 7인(*Heptaepi Thebas*)』(B.C. 467), 『오레스테이아(*Oresteia*)』(〈아가멤논 Agamemnon〉, 〈코에포로이 Choephoroi〉, 〈에우메니데스 Eumenides〉로 이루어진 유일한 3부작. B.C. 458) 등의 작품들만이 남아 있다. 신과 인간을 모독하는 페르시아 왕이 이끄는 대군의 신벌(神罰)에 의한 비참한 패배를 노래하며, 궁극적인 정의의 승리를 찬양한다.

지나가는 길손이여

라케다이몬[3] 나라 사람들에게 가서 전하라.

여기에 그대들의 말을 따라 우리는 죽었노라고.

—「지나가는 길손이여」[4]

'테르모필레(Thermopylae) 전투'를 소재로 하는 시모니데스의 시 한 편이 또 있다.

끝맺음을 깨끗하게 하는 것이 모든 일 중에 가장 귀중한 일이라면

모든 사람들을 제치고 운명은 우리에게 그 덕을 내려주셨으니

헬라스[5]를 위하여 자유를 기어이 지키겠다고 마지막까지 힘차게 싸워

영원한 영예를 받으면서 지금 여기에 우리는 잠들어 있노라.

—「페르시아 전쟁 전사자에게」[6]

---

3) 스파르타를 말함.

4) 3백 명의 스파르타 군인이 페르시아 백만 대군을 무찌른 테르모필레의 전승시.

5) '헬라스'는 그리스를 가리킨다.

6) '테르모필레의 전몰 용사의 비'라고도 불린다. 묘비명(epitaph, 墓碑銘: 묘

그리스 시인 중 대표적인 정치 시를 쓴 시모니데스의 작품들로서 이 두 작품들이 공통적으로 이야기하는 그 유명한 전투를 살펴보지 않을 수 없다.

기원전 480년 테르모필레(Thermopylae) 지역에서 벌어졌던 페르시아군과 그리스 연합군 사이의 전쟁으로 레오니다스(Leonidas) 왕을 비롯한 그리스 연합군 대부분이 크세르크세스 왕이 이끈 페르시아군에게 전멸 당하였다.

마라톤 전투(Battle of Marathon, B.C. 490)에서의 패배 이후 그리스로의 세 번째 침공을 준비하던 페르시아의 왕 다리우스 1세(Darius I, 재위 B.C. 522~B.C. 486)가 기원전 486년에 사망하자 그의 아들 크세르크세스 1세(Xerxes I, 재위 B.C. 486~B.C. 465)가 왕위에 오르게 된다. 크세르크세스 또한 자신의 아버지만큼 그리스 침공을 위하여 많은 준비를 해나갔다.

기원전 481년 드디어 30만의 페르시아 군사는 그리스를 향해 육로와 바다로 동시에 진격해 나간다. 이를 전해들은 그리스 진영(그리스 본토와 에게해의 폴리스들)은 코린토스에 모여 동맹을 맺고 스파르타를 중심으로 방어태세에 들어

비에 새겨 故人을 기념하는 銘文이나 詩文)의 걸작은 B.C. 5세기 페르시아 전쟁의 명예로운 전사자를 애도한 시모니데스의 작품에서 그 절정을 이룸.

간다. 이들은 페르시아의 공격에 대항하고자 테르모필레라는 지역을 이용한 군사작전을 세운다.

테르모필레는 마케도니아 해안에 위치한 좁은 골짜기로 그리스로 가자면 꼭 통과해야 하는 지역이었으며 많은 군사들이 동시에 진격하는 것을 막을 수 있는 장소였다. 따라서 아테네의 전략가 테미스토클레스(Themistocles, B.C. 528?~B.C. 462?)는 이곳의 지리적 특성을 이용해 페르시아군의 진격을 지연시키는 동안 해상전투를 통하여 페르시아 해군을 먼저 무찌를 전략을 세웠다. 즉, 테르모필레에서는 육상결투를, 아르테미시온(곶)에서는 해상결투를 통해 페르시아군을 물리치려 했다.

작전에 따라 스파르타의 왕 레오니다스(Leonidas, 재위 B.C. 487~B.C. 480)를 총지휘관으로 한 그리스 연합군 7천 명은 테르모필레 지역으로 파견된다. 헤로도토스(Herodotos, B.C. 484~B.C. 425, 역사학자)는 페르시아 육상 부대를 100만여 명, 그리스연합군을 만여 명으로 이야기했으나 오늘날의 연구에서는 지나치게 과장된 것으로 여겨진다. 테르모필레 지역에 도착한 후 며칠간 그리스 진영을 정찰한 페르시아군대는 도착 5일째 되는 날 그리스 연합군을 공격하기 시작한다. 하지만 테르모필레의 좁은 골짜기로는 대규모의 병력이 한

꺼번에 진격하기 어려웠으므로 페르시아군은 그리스 연합군에게 의해 번번이 저지를 당하고 만다. 그러던 중 그 지역의 한 그리스인이 페르시아군대에게 그리스 연합군을 뒤에서 공격할 수 있는 다른 길이 있다고 밀고한다. 이에 페르시아군은 밀고 받은 우회로를 이용해 뒤에서 갑작스런 공격을 가한다. 당시 그리스 연합군은 분산 배치되어 있었고 레오니다스의 병력 천명(스파르타 정예군 300명 및 기타 연합군)만이 남아 있었다고 한다.

이들은 상대적으로 적은 수로 페르시아군대에 맞서야만 했다. 레오니다스와 그의 군사들은 페르시아에 강하게 저항했으나 뒤쪽에서 급습을 받은 데 연이어 페르시아 지원부대의 전방 공격까지 받게 되자 상당히 불리한 처지에 놓인다. 결국 이 전투로 인해 레오니다스를 비롯한 군사전원이 사망하기에 이른다. 이들의 항전과 전사는 훗날 비문("지나는 자여, 가서 스파르타 인에게 전하라. 우리들 조국의 명을 받아 여기 잠들었노라")과 전설을 통해 널리 숭상되었다. 한편 분산되어 있던 연합군도 곧 페르시아군에게 제압당한다. 테르모필레 전투에서의 승리 이후 사기가 높아진 페르시아군은 아르테미시온까지 뚫고 아테네로 진격하였으나 살라미스 해전(Battle of Salamis, B.C. 480)에서 그리스군에게 크게 패하고 만다.

스파르타의 왕인 레오니다스는 고대 그리스어로 '사자의 아들'을 의미한다. 그에 대한 유년기 기록은 거의 없다. 클레오메네스 1세의 이복동생인 레오니다스는 클레오메네스 1세의 딸 고르고를 아내로 삼아 형 클레오메네스가 죽은 뒤에 즉위한다.

B.C. 480년 페르시아군이 침입하자, 펠로폰네소스군 약 4,000여 명과 기타 중부 그리스병을 이끌고 테르모필레를 수비하였다.

포키스인이 내통하여 우회로를 가르쳐 주었기 때문에 그는 동맹군의 태반을 귀국시키고, 스파르타군 300명과 테스피스인 700명으로 이곳을 사수하다 전원이 전사하고 만다.

그 사이에 그리스 함대는 아르테미시온에서 퇴각할 수 있었다.

전사자는 뒤에 그리스의 국민적 영웅으로 추앙 받았고, 특히 시인 시모니데스가 용사를 기린 시는 유명하게 된다.

여기서 '테르모필레 전투'에서 확장해서 페르시아 전쟁(Greco-Persian Wars)으로 나아가본다. 페르시아 전쟁 제3차 원정에 '테르모필레 전투'가 있다.

페르시아 전쟁은 B.C. 492년부터 B.C. 448년까지 지속된 페르시아 제국의 그리스 원정 전쟁으로, 그리스의 여러 도시 국가들은 페르시아 제국에 연합 대응하여 성공적으로 공격을 막아내었다.

페르시아는 B.C. 525년까지 오리엔트를 통일하고, B.C. 513년부터 발칸 반도 원정을 시작했다. 트라키아와 마케도니아를 점령한 다리우스왕은 다뉴브 강을 거슬러 올라가며 영토를 확장했다. 이때 트라키아 반도에 주둔하던 아테네군 사령관 밀티아데스(Miltiades)가 페르시아군의 진격을 막고자 다리를 불태웠으며, 이는 페르시아제국의 왕 다리우스 1세의 분노를 샀다. 이것이 후에 페르시아의 트라키아 공격의 원인이 되었다.

제1차 원정

B.C. 499년에는 소아시아 연안에 있는 이오니아(Ionia) 지방의 그리스 도시 밀레투스(Miletus)의 정치가 아리스타고라스(Aristagoras)를 중심으로 여러 소도시들이 연합하여 이오니아 반란(B.C. 499~B.C. 494)을 일으키자, 다리우스 1세는 이를 먼저 진압하고자 했으며, B.C. 494년 이오니아 소도시들을 모두 점령했다. 다리우스 1세는 B.C. 492년 함대를 정렬하고, 사위 마르도니우스(Mardonius)를 사령관으로 하여 그

리스 북쪽에 있는 트라키아 원정을 시작했고, 함대는 헬레스폰트 해협(Hellespont: 오늘날의 다르다넬스 해협)을 통과했다. 그러나 함대는 아토스(Athos) 곶(串)에서 폭풍을 만나 난파했으며, 역사가 헤로도토스의 기록에 따르면 300척의 전함과 20,000명의 군사를 잃었다고 한다. 이것을 흔히 제1차 페르시아 전쟁이라고 하는데, 이때 페르시아가 노린 것은 트라키아였다는 점에서 페르시아 전쟁에 포함시키지 않는 학자도 있다. 또한 트라키아는 페르시아의 세력권에 들어감으로써 목적은 일단 달성한 셈이다.

제2차 원정

B.C. 490년, 페르시아 제국은 제2차 원정에 들어갔다. 다리우스 1세의 형제 아르타페네스(Artaphernes)와 장군 다티스(Datis)는 실리시아(Cilicia)군을 주력부대로 하는 대군을 이끌고 아티카(Attica)와 에레트리아(Eretria) 시(市)를 공격했는데, 그 명분은 이오니아 반란을 도왔다는 것이었다. 당시 페르시아의 군사력에 대해 헤로도토스는 약 20만 명 정도로 추산하고 있다.

고대 로마 역사가 코넬리우스 네포스(Cornelius Nepos)는 보병 20만 명과 기병 1만 명으로, 플루타르코스(Plutarchos)

등의 학자는 30만 명으로, 심지어 플라톤 등은 50만 명으로 추산하고 있다. 그러나 현재는 20만 명 가령이 전쟁에 동원되었을 것으로 보는 것이 일반적이다.

페르시아 함대는 키클라데스(Cyclades) 제도(諸島) 연안을 따라 에우보이아의 에레트리아를 공격하여 이를 함락시키고, 이어 아테네 북동쪽에 있는 마라톤(Marathon) 평야에 상륙, 아테네를 공격하였다. 당시 아테네는 스파르타에 지원을 요청했으나, 스파르타는 종교행사를 이유로 파병을 지체했고, 아테네는 1만 명 본군과 프라타이아에서 온 1천 명의 지원군으로 페르시아군과 맞섰다. 그러나 아테네군은 중장병(重裝兵) 밀집대전술(密集隊戰術)로 페르시아에 크게 이겼다. 헤로도토스에 따르면 페르시아군은 6,400명을 잃은 반면 아테네군은 192명만을 잃었다. 이후 페르시아군은 아테네 공략을 단념하고 스니온 곶을 돌아 귀국하였다.

제3차 원정

전쟁에서 패한 뒤, 다리우스 1세는 다시 전면적인 그리스 원정 준비를 시작했다. 그러나 B.C. 489년부터 수년간 바빌로니아와 이집트에서 반란이 지속되어 원정이 연기되었으며, 다리우스 1세의 사망으로 아들 크세르크세스(Xerxes I:

재위 B.C. 485~B.C. 465)가 그 뒤를 이었다. 크세르크세스는 페르시아가 동원할 수 있는 모든 군대와 물자를 모아 진격했으나, 유례없이 큰 규모로 인해 진군 속도가 느려졌으므로, 그리스군은 그 동안 충분한 방어 태세를 갖출 수 있었다. 스파르타를 중심으로 하는 30개 그리스 도시국가가 참여한 동맹이 결성되었으며, 육군은 스파르타가, 해군은 아테네가 지휘권을 맡았다.

그리스군은 테르모필레의 협로에 7천 명의 병력을, 아르테미시움에(Artemisium) 271척의 전함을 배치하고 페르시아군을 맞았다. 페르시아군은 헬레스폰토스 해협에 선교(船橋)를 걸고, 아토스 곶에 운하를 판 뒤, B.C. 480년 8월, 해륙(海陸) 양면에서 그리스를 공격하였다. 스파르타 왕 레오니다스는 중부 그리스로 가는 통로에 해당하는 테르모필레의 협로를 지켰으나 내통자(內通者)가 생겨 돌파당함으로써 전원 전사하였다. 그러나 해전(海戰)에서는 양측 모두 해전으로 많은 피해를 입었으나 승패가 쉽게 결정되지 않았다. 아테네는 테미스토클레스의 대함대 건조 제안을 채택하여 페르시아의 재침공에 충분히 대비하고 있었다. 테미스토클레스는 아테네 시민들에게 이 함선에 탈 것을 설득, 아테네 전면(前面)의 살라미스(Salamis) 섬과의 사이에 있는 바다에서 페르시아 함대와 싸워 이겼다. 크세르크세스는 곧 귀국하여 마르도니우스에게 자기의 뒤를 잇도록 하였다. B.C. 479년 마르도니우스는 플라타이아이에서 그리스 연합군과 싸워 패하였고, 같은 해 그리스 함대가 소아시아의 미칼레전투에서 페르시아 함대를 격파하였다.

이렇게 하여 세 번(또는 두 번)에 걸친 페르시아의 그리스 원정은 모두 실패하고, 소아시아 연안의 그리스 도시들은 페르시아의 지배에서 벗어났다. 페르시아의 원정을 맞아 스파르타와 아테네는 잘 싸웠으나, 그리스의 도시 중에는 페르시아에 항복한 도시도 있었다. 또한 아테네 안에서도 페르시아와 내통하는 자가 있었다. B.C. 480~B.C. 479년 그리스군의 총지휘권을 장악하고 있었던 것은 스파르타였으나, 그 후로는 아테네가 대신 연합함대의 지휘권을 쥐고 있다가, 마침내 델로스 동맹의 맹주(盟主)가 됨으로써 그리스의 패권을 잡았다. 마라톤에서는 중산시민(中産市民)이 중장보병(重裝步兵)으로서 활약하였고 살라미스에서 무산대중(無産大衆)이 수부(水夫)로서 활약하여, 정치적 발언력이 그들에게까지 미쳐, 아테네의 민주화를 촉진하였다.

2. 역사 속의 그리스

역사 속의 그리스의 모습을 다시 한 번 정리해 보는 자리를 통해서 우리의 문화적인 지평을 넓혀볼 수 있다. 그리스는 역사 속에서 다음과 같은 모습들을 각인한 장본인이기도 하다. 그 모습들은 다음과 같다.

동양에 대한 서양의 표상으로 정체성 확립, 서양의 기준에서 타 문화들을 평가, 철저한 이분법적 개념, 남성과 여성, 아버지와 아들, 지배자와 피지배자, 문명인과 야만인 등등이 그것이다.

-간단한 용어 정리-

폴리스의 성립: 폴리스는 기원전 8세기 작은 도시들이 모여서 형성된 것이 그 유래.

아크로폴리스: 폴리스의 중심부에 존재, 신전을 짓고 신을 모심.

아고라: 시민들의 공공 생활 장소, 토론, 회의, 물건 매매 등

대표적인 폴리스: 아테네, 스파르타

이제 역사 속의 스파르타[7]를 살펴보면, 고대 그리스의 여러 폴리스 중 하나로, 펠로폰네소스 반도 남동부의 라코니아 지방, 에우로타스 강 유역에 위치한 도시국가로 '라케다이몬'이라고도 불렸다. 폐쇄적 사회체제, 엄격한 군사교육, 강력한 군대 등으로 유명하다.

다른 그리스의 폴리스들은 산지에 위치했기 때문에 자연스럽게 교류를 해야 했으나, 스파르타는 평야 지대에 있었기 때문에 자급자족이 가능하여 폐쇄적 체제를 유지했다.

스파르타는 형성될 때부터 군국주의적 과두체제를 유지하여, 2명의 왕이 통치자로 공동 집권했으며, 자유민들로 이루어진 민회는 28명의 원로원 의원과 5명의 민선장관을 선출하여 정치를 위임했다.

계급으로는 자유민인 스파르타인과 노예 상태의 헬로트, 그리고 그 중간 단계인 페리오이코이가 있었다. 스파르타가 메세니아를 정복한 이후 메세니아인들은 헬로트가 되어 노예로 부려졌다. 자유민들은 노동에 종사하지 않고 군사 훈련에 전념하였다. (이는 오늘날 스파르타식 교육으로 잘 알려져 있다.)

---

7) Sparta: 그리스 신화에 나오는 라케다이몬의 아내로 스파르타 시의 명조(名祖)이다.

리쿠르고스는 토지 재분배와 부국강병책을 토대로 사회 개혁 '리쿠르고스 제도'를 형성하였는데, 그는 평등주의적 정책과 경제적 쇄국정책을 유지했다.

기원전 11~12세기경 도리아인들이 스파르타 지역에 정착한 이후 한동안 내전 상태를 겪다가 리쿠르고스의 개혁을 토대로 국가의 면모를 일신했다.

제1차와 제2차 메세니아 전쟁을 거치면서 메세니아인들을 농노로 편입시키고 그리스의 맹주로 부상했다.

기원전 480년 그리스-페르시아 전쟁에서 그리스 동맹군을 지휘하여 승리하였고, 스파르타는 맹주국의 위상을 공고히 확립하였다.

코린토스 전쟁에서 다른 그리스의 도시국가들과 대립하다가 레욱트라 전투에서 패배하고 헬로트들의 반란이 발생하면서 쇠퇴하였다.

포에니 전쟁을 거치며 아카이아 연맹에 편입되었고, 이윽고 로마의 일부가 되었다. 로마 지배 이후에도 상당 기간 전통적 관습을 유지하였다.

3. 역사 속의 페르시아

역사 속의 페르시아는 이란에 아케메네스 왕조를 세운 페르시아 인이 지배한 고대 오리엔트의 대제국(B.C. 550~B.C. 330)이다.

B.C. 6세기에 페르시아는 오리엔트 지방을 통일하였고, 특히 다리우스 1세(Darius I, B.C. 549~B.C. 486)는 북서 인도를 침입하여 인더스 강에서 지중해 연안 및 이집트에 걸친 대제국을 건설하였다.

그는 국토를 20개 주로 나누고 주마다 사트라프라는 장관을 두었으며, 세금을 징수하고 병역을 부과하였다.

페르시아는 '왕의 길'이라 하는, 전차가 달릴 수 있는 도로와 릴레이 방식의 역전제를 정비하고, 화폐를 통일하여 상업을 발달시키고 문화를 서로 교류하였다.

페르시아는 정복당한 피지배민족의 종교와 관습을 존중하였으며, 자치를 허용하고 조공을 통한 친선 관계를 유지하였다.

페르시아의 문자는 표음문자였으며, 종교는 조로아스터교였다.

다리우스 1세(Darius I, B.C. 549~B.C. 486)

고대 페르시아의 전성기를 가져온 왕.

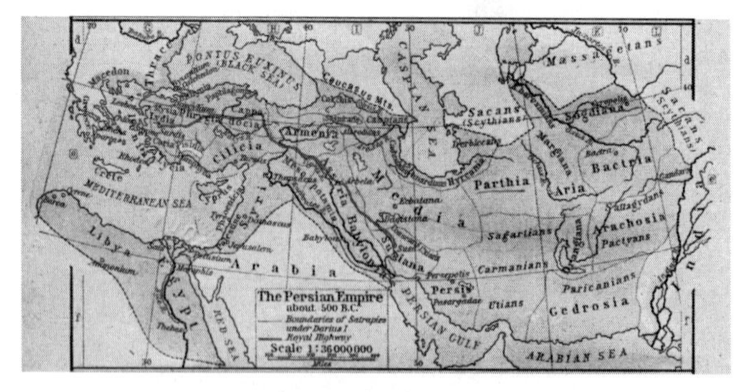

동양을 대표하던 페르시아 대제국

다리우스 궁전 벽에 묘사된 페르시아 병사.
왕을 호위하는 최정예 부대로 '불멸대(임모탈)'라 불리었다. 페르시아 전쟁을 무대로 한 영화 <300>에서는 닌자 같은 모습으로 등장했다.

역사 속 페르시아 불사조부대(Persian Immortals) 일명 '불멸대'는 실존했던 부대이다.

페르시아 황제의 근위대이자, 페르시아 최정예 보병부대로서 용기와 자부심이 대단했었다고 전해진다.

그리스의 역사가 헤로도투스의 기록에 의하면 병력 수는 항상 10,000명으로 유지되었으며 인원 중에 죽거나 또는 부상 등으로 결원이 생기면 즉시 충원하였다고 한다.

4. 시모니데스와 '기억술의 장소법'

「테르모필레의 전승시」로 유명한 그리스의 서정시인 시모니데스(B.C. 556?~B.C. 468?)는 아테네를 비롯해 히에론의 궁정 등 여러 보호자 밑에서 뛰어난 시재(詩才)를 보였고, 페르시아 전쟁 때에는 애국적 노래로 실력을 떨쳤다.

시모니데스는 초기 그리스 시인들 중에서 가장 많은 작품을 쓴 시인의 한 사람이었으나 지금까지 전해지고 있는 것은 몇 개의 단편뿐이다.

그가 쓴 작품에는 찬가, 경기의 승리자에게 바치는 축가, 그리고 애가(哀歌)가 있다. 그의 장기는 특히 이 애가에서 돋보였다. 그의 진수는 감상적인 데에 있었으니, 사람들의 심금을 울려 놓는 데 이 시인만큼 정확하고 능한 사람은 일찍이 없었다.

『다나에의 비가(The Lamentation of Danae)』는 오늘날까지도 남아 있는 그의 시편 가운데서도 가장 중요한 단편으로 손꼽힌다. 이 시에서 시모니데스는 다나에 모자가 친정아버지 아크리시오스의 명으로 상자에 갇혀 바다에 버려졌다는 전설을 다루고 있다.

상자는 세리포스 섬으로 떠내려갔는데, 딕튀스라는 어부

가 이 두 사람을 구하여 왕 폴뤼덱테스에게로 데려갔다. 왕은 이 모자를 거두어 보호하였으니, 아들 페르세우스는 자라서 유명한 영웅이 되었다.

시모니데스는 생애의 대부분을 이 궁전 저 궁전을 떠돌아다니며 그 좋은 솜씨로 송가나 축가를 지었다. 그는 또 왕의 공적을 노래로 지어 후한 보수를 받기도 했다. 이 시절에는 시인으로서의 이러한 삶은 부끄러운 것이 아니었다. 초기 시인들은 대부분 이와 비슷한 길을 걸었기 때문이다. 가령 호메로스가 소개하는 데모도코스도 그랬고 호메로스 자신도 그랬다는 기록이 있다. 시모니데스가 테쌀리아 왕 스코파스의 궁전에 머물 때의 일이다. 왕은 시모니데스에게 자기 위업을 찬양하는 시를 써서 술자리에서 낭독해 달라고 부탁했다. 시모니데스는 신들에 대한 신심이 지극한 사람인지라 주어진 시제(詩題)를 다채롭게 할 요량으로 이 시에다 쌍둥이 형제 카스토르와 폴뤼데우케스의 위업을 인용했다. 이것은 다른 시인들도 곧잘 쓰는 기법이어서 그렇게 이상할 일도 아니었다.

그런데 허영심이란 역시 끝이 없는 모양이다. 스코파스는 술자리에서도 아첨꾼들에게 둘러싸여 그들의 부추김 때문에 그랬겠지만, 자기 아닌 레다의 쌍둥이 형제에 대한 칭송을 좋지 않게 여겼다. 그래서 시모니데스가 약속한 보수를 받으러 가까이 가자 스코파스는 약속했던 금액의 반만 주면서 말했다.

"자, 그대 시에 나오는 내 이름 몫이다. 카스토르와 폴뤼데우케스 이름 몫은 카스토르와 폴뤼데우케스가 치러야 하지 않겠는가."

당혹한 시인은 왕의 시시껄렁한 재담 끝에 쏟아지는 웃음소리에 얼굴을 붉히며 제자리로 돌아왔다. 그리고 나서 얼마 안 되어 시종 하나가 다가와 밖에 말을 탄 두 젊은이가 잠깐 뵙고 싶어 한다는 전갈을 했다. 시모니데스는 급히 밖으로 나가 보았으나 와 있다던 두 젊은이는 보이지 않았다.

그러나 그가 술자리를 빠져 나간 직후에 지붕이 굉음과 함께 내려앉아 스코파스 왕과 술손님 전부가 하나 빠짐없이 그 지붕에 깔려 죽었다. 자기를 불러낸 두 젊은이가 대체 누굴까 하고 곰곰이 생각하던 시모니데스는 틀림없이 카스토르와 폴뤼데우케스였을 것이라고 확신했다.

이 일화에 얽힌 '기억술의 장소법'은 다음과 같다.

"여러 기억술의 하나인 이 기억 기법은 장소법(Method of Loci)이라고 불리며, 이미 고대 그리스 시대부터 알려졌던 방법이라고 한다. 시모니데스(Simonides)라는 시인이 연회에서 강연을 하다가 잠시 나간 사이, 지붕 천장이 무너져, 청중들이 얼굴을 알아볼 수 없을 정도로 처참하게 죽었다고 한다. 그런데 시모니데스가 청중들이 앉았던 위치를 머릿속에 떠올리며, 각 시신이 누구인지를 모두 구별해냈다고 하며 바로 여기에서 이 기억법이 나온 것이다."

5. 영화 <300>

시모니데스의 시에서 노래한 '테르모필레 전투' 장면을 재현한 영화로 잭 스나이더(Zack Snyder) 감독의 2006년 작품이다.

때는 B.C. 480년이다.

'크세르크세스' 왕이 이끄는 페르시아 100만 대군이 그리스를 침공한다. 그리스군의 연합이 지연되자 스파르타의 왕 '레오니다스(제라드 버틀러, Gerard Butler)'는 300명의 스파르타 용사들을 이끌고 '테르모필레 협곡'을 지킨다.

> 100만 대군과 맞서는 무모한 싸움.
>
> 그러나 스파르타의 위대한 용사들은 나라를 위해, 가족을 위해, 그리고 자기 자신의 명예를 위해 불가능한 이 전투에 맹렬히 자신들의 모든 것을 건다!
>
> 전설이 된 전투, 그들의 용맹함이 마침내 빛을 발한다!

이상의 영화 카피의 강한 문구에 힘입어 영화 〈300〉(2006년, 잭 스나이더 감독, 제라드 버틀러 주연)이 개봉되었을 당시, 국내에서는 '300 열풍'이 불었다. 크세르크세스 황제의

잭 스나이더 감독이 만화를 원작으로 제작한 영화

스파르타의 왕 레오니다스와 300명의 스파르타쿠스, 페르시아의 왕 크세르크세스와 그의 100만 군대 간의 테르모필레 전투를 그린 영화.

'나는 관대하다'라는 영화 속 대사는 어느 개그 프로그램을 통해 유행어가 되었고, 모 연예인은 버라이어티 프로그램에서 '스파르타~'를 외치며 자신의 굳건한 의지를 웃음으로 승화시키기도 했다. 상영시간 내내 여심을 뒤흔들었을 남자 배우들의 황홀한 식스팩은 여전히 많은 여성들에게 이상적인 남성상으로 자리 잡고 있을지도 모른다. "역사상 가장 위대한 전사들이 온다!"라는 매력적인 카피로 관객들을 불러모았던 영화 〈300〉, 그 원작은 프랭크 밀러의 만화 『300』이다.

5.1. 영화 〈300〉의 원작인 프랭크 밀러의 만화 『300』

만화 『300』은 수백의 전사들이 행군하는 이미지 위로 "영예를 향해… 영광을 향해…"라는 의미심장한 내레이션이 펼쳐지며 시작된다. 기원전 480년, 페르시아와 그리스의 전쟁을 배경으로 그리스의 도시국가 스파르타가 페르시아군대에 맞서 싸우는 역사적 사실이 주요한 모티브다. 하지만, 전쟁이 지니는 의미나 국가 간 역학관계 등 거시적 관점보다는 전쟁에 참여했던 인물, 특히 스파르타 왕 '레오니다스'의 전설적인 용맹함에 작품은 초점을 맞추고 있다. 그리하여 우리가 작품 속에서 찾게 되는 것은 전쟁이 주는 피폐함이나 이름 없이 쓰러져간 수많은 이들의 희생정신과 같은 의미보다는 영웅으로 명명될 수 있는 전사들의 용맹스러움에 초점을 맞추고 있다.

레오니다스의 용맹스러움은 어린 시절, 창 하나로 맹수를 잡은 이야기로 시작되었고, 당대 스파르타가 열렬히 지지하는 '강한 남자'에 대한 신화는 페르시아 대군을 만나기 위해 한 치의 주저함도 없이 전장으로 향하는 삼백 명의 전사로 확장된다. 그리고 마침내 "귀애하는 삼백 명을 지옥으로 이끎에 후회는 없다. 아니, 더 바칠 것이 없음이 안타까울 뿐"이라는 레오니다스의 내레이션에 이르러 영웅을 갈망하는 전사의 욕망은 정점을 찍는다. 레오니다스 자체가 스파르타가 되고, 다시 삼백의 전사 모두가 각각 스파르타가 된다. 페르시아 대군에 맞서 일사분란하게 움직이는 그들의 모습은 "One for Us, Us for One"과 다름 아니다. 그리하여 레오니다스 한 명으로부터 시작된 스파르타는 삼백 명의 신화를 만들어냈고, 그들이 전장에서 죽음을 맞이하면서 다시 전설로 부활하게 되는 것이다. 영화를 통해 멋진 식스팩에 환호했던 관객들은 만화를 보며 영웅적인 죽음을 갈망하게 될지도 모른다.

만화 『300』은 전체 다섯 단락으로 구성되어 있다. '1장 영예'에서는 삼백 명의 전사들이 왜 전투에 참여하게 되었는지에 대한 이유가 드러나며, '2장 의무'에서는 전쟁을 준비하는 과정을 보여 준다. '3장 영광'에서는 스파르타의 전사가 되지 못한 자의 배신에 관한 암시를 보여 주고, '4장 전투'에서는 마침내 페르시아군과 맞닥뜨리게 된 전사들의 모습이 그려진다. 마지막으로 '5장 승리'에서는 적장의 투항 권유에도 불구하고 끝까지 맞서다 죽음을 맞이함으로써 전설이 되는 주인공의 모습이 묘사된다. 마치 발단, 전개, 위기, 절정, 그리고 대단원으로 요약할 수 있을 만큼 기본에 충실한 이야기 전개다.

전형적인 스토리 흐름에 비해 일러스트를 연상케 하는 그림과 자유분방한 컷의 연출은 왜 사람들이 프랭크 밀러를 그래픽 노블의 대표적인 작가로 꼽게 되는지 짐작하게 한다. 양쪽 면을 한 장의 이미지로 채우는가 하면, 상황에 따라 자유롭게 컷을 배치함으로써 기존 좌우상하로 배열되는 컷 연출의 고정관념을 깨뜨리는 모습도 보여 준다. 또한, 검정색의 기교를 통해 배경에 있어서 지형지물의 특징을 보여 주는 독특한 앵글을 만들어내고, 캐릭터에 있어서는 전투에 임하는 전사의 강인함과 고립감 등의 감정을 살려내고 있다.

수적 열세에도 불구하고 전투에 대한 확고한 목적과 자기

프랭크 밀러(Frank Miller)의 만화 『300』의 표지

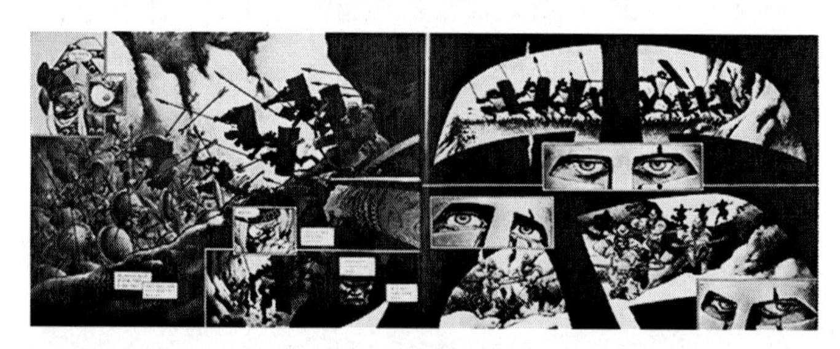

만화 『300』에서 검정색으로 표현된 투구 너머로 보이는 레오니다스의 눈

『만화 300』은 죽음이 가까워오는 시간, 그 순간을 레오니다스의 눈을 통해 1인칭 시점으로 표현하고 있다. 검정색으로 표현된 투구 너머, 우리는 레오니다스의 시선과 만날 수 있다.

정당성은 주인공 레오니다스를 더욱 강인한 전사로 만든다. "후퇴는 없다"라고 얘기하는 그에게 "죽음으로써 폐하를 따르겠습니다"라고 외치는 듬직한 삼백의 전사가 있다. 그리하여 함께 전투에 참가했던 아르카디아인들이 도망가고 페르시아 왕 크세르크세스가 투항을 권유함에도 불구하고 그는 삼백의 전사들에게 전진만을 외친다.

하지만, 아무리 강한 의지와 절대 근육을 가지고 있을지라도 수적 열세를 만회하기란 쉽지 않다. 결국, 페르시아의 정예부대가 레오니다스를 포위하기에 이른다.

> "죽음이 가까워지는 시간, 작품은 그 순간을 이처럼 레오니다스의 눈을 통해 1인칭 시점으로 표현했다. 검정색으로 표현된 투구 너머로 우리는 레오니다스의 시선과 만날 수 있다. 수많은 활이 자신을 조준하고 있는 순간, 그는 어떤 선택을 내리게 될 것인가."(만화칼럼니스트 김성훈)

레오니다스와 함께 삼백의 전사들은 모두 죽음을 맞이한다. 하지만, 스파르타 땅에서 계속 살아가는 사람들은 이들의 용맹스러움을 후세에 전하고, 그들의 전설을 기억하는 사람들은 다시 한 명, 한 명이 스파르타가 되기 위해 전사를 꿈꾼다. 그렇게 만화 『300』 안에는 진한 남자의 향기가 있다.

프랭크 밀러(Frank Miller)는 1957년 미국 메릴랜드에서 태어났다. 1977년에 본격적으로 만화를 그리기 시작한 그는 1979년 '데어데블' 시리즈를 통해 인기를 모은다. 이후 〈로닌〉, 〈배트맨: 다크 나이트 리턴즈〉 등을 발표했으며, 특히 1991년에 발표한 〈씬시티〉는 수많은 마니아를 낳았다. 〈씬시티〉는 흑백의 강렬한 대비와 역동적인 연출을 통해 그래픽 노블의 새로운 시대를 열었다는 평가를 받기도 한다. 특히 이 작품은 영화로 옮겨지게 되면서 원작자 자신이 감독으로 참여하여 더욱 화제가 되었다.

한편, 그는 만화가로서뿐만 아니라 영화계에서도 활발한 활동을 보이고 있다. 〈로보캅〉 시리즈 가운데 2~3편에서는 각본을 담당한 바 있으며, '씬시티'와 '스피릿' 등에서는 연출을 맡았다. 〈씬시티2〉에서도 감독을 맡으면서 그 다재다능함을 입증하고 있다.

〈배트맨: 다크 나이트 리턴즈〉

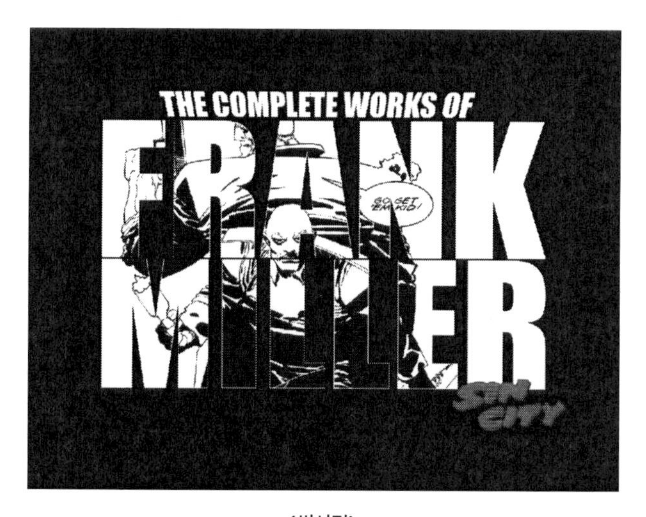

〈씬시티〉

5.2. 다른 영화와 문화 읽기

5.2.1. 다른 영화들

'테르모필레 전투'를 주제로 다루는 영화를 보면, 1962년에 만들어진 영화 〈300 스파르탄〉이 있다. 프랭크 밀러가 이 영화 〈300 스파르탄〉을 보고 만화 『300』을 구상했다고 한다. 또한 영화 〈300〉의 잭 스나이더 감독이 2014년에 만든 작품으로 드라마 〈300 제국의 부활〉이 있다.

5.2.2. 문화 읽기

잭 스나이더 감독의 영화 〈300〉에서 그냥 지나칠 수 없는 문화 읽기가 하나 있다.

서양과 동양이라고 하면, 서양은 유럽과 남북아메리카의 여러 나라를 통틀어 이르는 말이고, 동양은 유라시아 대륙의 동부 지역을 통틀어 이르는 말이다. 그런데 여기에서의 서양이 동양을 무시하는 태도, 아니면 동양을 얕보는 서양 우월주의를 읽을 수 있는 것이다. 서양 우월주의는 산업혁명 이후 발달한 서유럽 국가들에게서 나타나는 태도이다. 이들은 기독교 문화와 문명을 전 세계에 전파하는 것이 숭고한 백인들의 의무라고 생각한다. 그리고 백인들의 문화와 문명 전파의 부담감 'white burden' 역시 서양 우월주의에 입각한 것임을 알 수 있다.

white man's burden은 "백인의 의무(책무)"다. 영국의 호전주의자이자 팽창주의자인 시인 러디어드 키플링이 미국의 필리핀 정복에 때맞춰 1899년 2월 4일 『런던타임스』에 기고한 시에서 'The White Man's Burden'을 역설하며 백인 국가들의 제국주의에 심리적 정당성을 부여했다.

흔히 아프리카를 배경으로 하는 영화 속에 등장하는 장면 중, 특히 백인과 흑인의 의복 차이를 보면, "흑인은 덥고 백인은 덥지 않은가?"라는 질문을 던지게 된다. 왜냐하면, 아프리카의 찌는 듯한 더위 속에서도 백인은 정장을 차려입고 흑인은 그렇지 않음을 강조하는 장면들이 종종 눈에 띄기 때문이다.

전형적인 서양 우월주의에 입각한 영화로 〈아웃 오브 아프리카(Out Of Africa)〉가 있다.

영화 〈300〉에는 문명의 충돌과 승자와 패자가 있다.

동양을 대표하던 강대국(페르시아)과 서양을 대표하던 강대국(아테네, 스파르타 등)의 충돌이었다. 군사 수의 불리함에도 불구하고 서양을 대표하던 그리스의 승리로 인해서 스파르타의 강건함과 용맹스러움이 예찬되었다. 그리스식 직접 민주주의 확립에 기여했다고도 볼 수 있다. 바로 이러한 점에 착안하여 헐리웃 영화 제작이 이루어졌으며, 서양 우월주의가 요소요소에 반영되고 있는 것이다.

논란의 여지가 없는 것은 아니지만, 스파르타에 역점을 두다 보면 자연히 상대방 페르시아에 대해서는 상대적 열등감을 드러내게 된다.

언제나 역사는 승자의 입장에서 기술된다는 것이 승자와 패자의 논리이다.

5.2.3. 정치적 논란거리들

영화 〈300〉이 출시된 2006년 무렵에 미국은 이란과의 핵문제 때문에 전쟁에 대한 불안감이 고조되고 있던 시기였다. 그리고 2001년 9.11테러 때문에 이슬람에 대한 분노가 치솟고 있었다. 때문에 페르시아와 이란을 동격으로 보는 시각이 투영된 영화 〈300〉에서는 페르시아인들을 흑인, 유색인종으로 묘사하였고 실제로 이 영화는 이란에서 엄청난 분노와 비판을 받았다.

6. 다시 그리스 정치 시 이야기로

그리스 정치 시를 논하는 자리에서 빼놓을 수 없는 인물은 아리스토텔레스이다.

아리스토텔레스는 고대 세계의 학문을 체계적으로 정립한 학문의 아버지이다. 그의 대표적인 저서 『시학』과 『정치학』은 시와 정치를 아우르는 고전 중의 고전이다.

6.1. 아리스토텔레스의 저서: 『시학』

창작의 본질은 모방(模倣)에 있다. 비극은 숭고한 행위의 모방이며, 숭고한 인물이 불행에 빠져가는 과정을 모방함으로써, 관객 가운데서 일어나는 연민과 공포의 정을 이용하여 이와 같은 정서를 정화(淨化)하는 것을 본질로 한다.

아리스토텔레스는 플라톤과 같이 예술을 일종의 모방 기술로 보았는데, 플라톤이 자연계를 이데아의 모방으로 보고 예술은 이를 다시 모방하는 모방의 모방으로 생각하여 참다운 실재인 이데아에 대한 인식을 흐려놓는다고 부정적인 태도를 취한 데 반하여 아리스토텔레스는 '시는 역사보다 더 철학적이다'라고 주장하며 비극의 효용은 울적한 기분을 발산시켜 정신을 정화시키는 것이라고 하였다. 이에 관한 그의 저서 『시학』은 그 뒤 15~16세기에 이르는 긴 세월 동안 예술의 지도서가 되어 왔다.

『시학』은 인류 최초의 과학자에 의하여 저술된 문예 비평에 관한 최초의 저술이다.

『시학』은 시(詩)의 본질과 작시(作詩)의 원리를 체계적으로 정립하려 했다는 의미에서, 전례를 찾아볼 수 없는 전혀 새로운 시도이다. 시는 이미 아리스토텔레스 이전에도 교육 및 축제와 관련해서 그리스 사람들의 생활에서 큰 비중을 차지하고 있었다.

『시학』에서 시가 제시하는 여러 가지 문제점들을 다루고 있는 제25장에서는 주로 호메로스(Homeros)의 작품에 대하여 제기되었던 쟁점들을 그대로 인용하면서 이에 대한 답변을 전개하고 있다.

호메로스를 위시하여 시인들은 예로부터 자신들의 시에는 어떤 신적인 힘이 관여하고 있다고 즐겨 말해 왔다.

시는 어떤 도취 상태에서 이루어진다는 것이 당시의 일반적인 견해였다. 플라톤도 시인과 철학자의 차이점은 전자는 자신의 행위에 관하여 알지 못하기 때문에 자신의 작품에 대하여 설명을 할 수가 없는 데 반하여, 후자는 자신의 행동을

아리스토텔레스

아리스토텔레스의 흉상. 기원전 330년 리시포스(Lysippos)가 만든 동상의 대리석 모사품. 표면에 덮인 설화 석고는 현대에 덧붙여진 것이다.

아리스토텔레스(Aristoteles, B.C. 384~B.C. 322)는 고대 그리스의 철학자이자, 플라톤의 제자이다. 플라톤이 초감각적인 이데아의 세계를 존중한 것에 대해, 아리스토텔레스는 인간에게 가까운, 감각되는 자연물을 존중하고 이를 지배하는 원인들의 인식을 구하는 현실주의 입장을 취하였다. 아리스토텔레스의 최대의 업적은 과거 모든 그리스 철학자들의 학설을 수집, 비판하고 독창적으로 체계를 세웠다는 것이다.

명확하게 인식하고 있는 데 있다고 말하고 있다.

『시학』에서 "시는 역사보다 더 철학적이고 더 중요한 가치를 지닌다. 왜냐하면 시는 보편적인 것을 이야기하는 경향이 더 많고 역사는 개별적인 것을 이야기하기 때문"이라고 말함으로써 플라톤의 견해를 간접적으로 공박하고 있다. 아리스토텔레스의 견해에 따르면, 시인의 모방은 아무런 통일성도 없는 사건의 복합을 사진사처럼 복사하는 것이 아니라 그 자체로 하나의 유기적인 통일을 이루고 있는 사건을 필연적인 인과 관계의 테두리 내에서 재현하는데, 다시 말해서 하나의 보편적인 진리를 말하는 데 있다. 그런 의미에서 시인은 플라톤이 말하는 단순한 모방자가 아니라 일종의 '창작자'인 것이다.

『시학』의 명백한 결점 하나는 내용상 '시학'이라기보다는 '드라마학'이라고 부르는 것이 더 타당할 만큼 거의 드라마에 관해서만 논하고 있다는 것이다. 그는 서사시조차 드라마와 비교하여 간단하게 논한 다음, 서사시는 비극보다 열등한 예술이라고 결론짓고 있다. 서정시에 관해서는 거의 언급하지 않고 있는데, 이는 그가 서정시를 음악의 범주에 속하는 것으로 간주했기 때문인 것 같다. 음악은 그가 별로 관심을 느끼지 못한 소수의 대상 가운데 하나였다.

플라톤(왼쪽)과 아리스토텔레스(오른쪽)

라파엘로(Raffaello Sanzio), 〈Crooped of The “School of Athens”〉, 1509년 작.

그러나 아리스토텔레스가 알고 있던 그리스 문학에서는 비극의 비중은 절대적이었다. 당시의 비극은 코로스(choros : 고대 그리스의 고전극에 등장하는 합창대) 속에 서정시를 포함하고 있었을 뿐 아니라 호메로스의 이야기를 서사시보다 더 압축하여 더 효과적으로 이야기했던 것이다.

『시학』이 가지고 있는 또 하나의 결점은 아리스토텔레스가 드라마의 역사적 발전에 관하여 언급한 최초의 저술가였음에도 불구하고 그 종교적 기원에 역점을 두고 있지 않다는 점이다. 그리스 비극의 최초의 기원은 분명하지 않지만 여러 가지 형태의 종교 의식에서 유래했다는 것은 명백하다. 비극이 공연되던 대(大)디오니소스 제전만 하더라도 거국적인 종교 축제이며 이른바 비극의 기능이란 것도 서사시에서 나오는 옛이야기를 다시 이야기하는 데 있었다. 아리스토텔레스가 비극의 종교적 기원에 역점을 두지 않은 것은 비극의 종교적 기능이 그의 시대에 와서는 많이 퇴색했거나, 또는 그 자신이 이 문제에 관하여 별로 흥미를 느끼지 못했기 때문인 것 같다. 그의 교리적인 사고방식의 제한된 시야로 말미암아 그의 이론은 때로는 온당하지 않거나 혼란을 야기할 때도 있지만 서양 문예 비평사에 그의 『시학』만큼 지속적으로 큰 영향을 준 책은 없다고 말해도 과언이 아닐 것이다.

시의 도덕적 가치를 부정한 사람들 중에 대표적인 예는 역시 플라톤이다.

플라톤은 『국가(Politeia)』의 앞부분에서 초보 교육을 위한 시인들, 특히 호메로스의 가치를 고찰한 다음 그의 작품 속에 내포되어 있는 도덕적 수준은 일반적으로 받아들일 수 없는 것이라고 말하고 있다. 플라톤은 이미 이보다 앞서 『프로타고라스』에서 어른들은 시를 도덕적 문제에 관한 토론의 출발점으로 삼아서는 안 된다고 말한 바 있다. 그러나 예술에 대한 플라톤의 주된 공격은 『국가』 제10권에서 전개되는데 그곳에서 그는 자신의 이데아론에 입각하여 예술가들은 진실재(眞實在)인 이데아를 모방하는 것이 아니라 그 모상(模像) 또는 영상(影像)을 모방하는 데 불과하므로 가장 위험한 존재들이라고 매도하고 있다.

플라톤이 시를 공격하는 또 하나의 이유는, 시는 우리의 자제력을 강화시켜 주는 것이 아니라 우리의 감정의 고삐를 풀어줌으로써 '우리가 마땅히 시들어지게 해야 할 것에다 물을 대주는' 역할을 하기 때문이라는 것이다. 플라톤에게는 감정은 제거되어야 할 잡초와 같은 것이었다.

6.2. 아리스토텔레스의 저서: 『정치학』

인간은 국가적 동물이다. 공공의 생활 가운데서 인간의 선(善)은 실현된다. 그런 까닭에, 윤리학은 정치학의 일부를 이룬다고 생각되고 있다. 중산계급을 중심으로 하여 다스림을 받는 자가 교대로 다스리는 자가 되는 곳에서 실현될 수 있는 최선의 나라 제도가 있다고 한 정체론(政體論)은 온건한 민주주의의 뛰어난 이론적 뒷받침을 한다고 할 수 있다.

국가가 개인에 우선한다며 인간의 사회성을 강조한 까닭에 개인주의가 고개를 들기 시작한 르네상스 이후로는 크게 주목 받지 못했음에도 꾸준히 읽혔으며, 지금도 대학에서는 정치학의 주요 텍스트 중 하나가 되고 있다.

아리스토텔레스는 정치학을 윤리학의 일부로 보았는데, 개인의 진정한 행복은 도덕과 질서가 바로 선 국가 공동체 안에서만 가능하며, 국가 공동체의 도덕과 질서를 바로 세우는 것은 정치가들의 임무라고 여겼기 때문이다. 이런 윤리적 성격이 그의 『정치학』의 또 다른 특징이기도 하다.

7. 아리스토텔레스 이후의 시와 정치

베르길리우스(Vergilius), 호라티우스(Horatius)는 그 명성의 적어도 반은 정치적 논고에 힘입고 있으며 그들의 라틴어 시들은 현재도 유럽 정규 교과과정에서 성전시(聖典視)되고 있음은 새삼 말할 나위조차 없다.

단테(Dante)의 저 유명한 『신곡(La Divina Commedia)』에서의 정치의 구실은 바로 신학과 같이 기본적이면서도 신학보다 훨씬 드라마틱하다. 참고로 『신곡(神曲)』은 100곡으로 된 서사시이다. 예를 들어 같은 교황이라도 "소중한 지위를 사퇴한" 교황 체레스티노 5세를 연옥에, 반면 성직 매매를 공공연히 한 최초의 교황으로 일컬어지는 교황 보니파치오 8세를 지옥에 두고 있다. 단테는 『신곡(神曲)』에서 자신의 정치적 선호를 그대로 발휘하여 직설적인 표현으로 칭송 예찬하거나 아니면 반대로 응징하거나 벌하는 태도를 드러내 보여 주고 있다.

호메로스 서사시와 정치

1. 그리스 서사시

그리스 문학은 서사시의 형태로 시작하여 서정시와 희곡으로 발전하였고, 희곡은 디오니소스제전 이후에 그리스의 연극으로 발전하게 되었다.

먼저 호메로스가 트로이 전쟁을 소재로 한 2편의 서사시를 지음으로써 비로소 서사시 시대를 열었다. 그리고 뒤이어 농민시인인 헤시오도스가 나타나 새로운 양상으로 전개되다가 서정시 시대를 맞이한다.

여기서 최초의 서정 시인이라 일컬어지는 아르킬로코스를 비롯하여 크세노파네스, 알카이오스, 사포에 이르러 절정을 누리게 된다.

그리스 신화와 풍부한 문학적 전통이 아우러져 플라톤과 아리스토텔레스의 시론 형성에 큰 영향을 미치게 된다.

그리스의 비극 형성은 디오니소스 제전과 밀접하게 관련되어 있다.

디오니소스 제전에서는 농부들이 산양을 재물로 바치는 것과 같은 소박한 언행을 사용하기도 하였다. 이런 언행이 연극을 형성하게 하였고, 후대에 아테네의 축제로 발전시켰다. 이와 같이 디오니소스 축제는 그리스 비극의 모태가 되었으며, 종교적 성격이 탈색하면서 생겨난 '비극 경연대회'는 소포클래스와 같은 걸출한 시인들을 발굴하는 계기가 되었다.

그리스의 3대 비극 시인으로는 아이스킬로스, 소포클래스, 에우리피데스가 있다.

먼저 아이스킬로스는 90편의 비극을 쓴 것으로 알려져 있지만, 널리 알려진 작품은 『포박된 프로메테우스』와 『오레스테이아』 등이다.

『포박된 프로메테우스』는 이 뒤로 망실된 두 작품 『해방된 프로메테우스』와 『불을 나르는 프로메테우스』가 이어지는 것으로 추측된다.

『포박된 프로메테우스』는 '거인신의 일족 티탄의 한 사람이었던 프로메테우스는 인간들에게 여러 기술을 가르쳐 준다. 그러나 프로메테우스는 거기서 끝내지 않고 원래 신들의 소유였던 불을 인간들에게 주게 된다. 여기서 제우스의 분노를 사서 바위산에 결박당하게 된다는 내용'이다.

다음으로 소포클레스의 전해지는 작품으로는 아이아스, 오이디푸스 왕, 안티고네 등 7편이 있다. 여기서 〈아이아스〉는 '아이아스가 트로이 전쟁 때 그리스군으로서 용맹을 떨쳤으며, 트로이 목마 속에 들어가 트로이를 함락시킨 후, 아테나 신전 안으로 도망쳐서 여신상을 붙들고 있던 카산드라를 끌어내 욕보이는 만행을 저질렀다. 그리스 사람들이 신을 모독한 아이아스를 죽이려고 하였으나, 아이아스가 여신상을 끌어안고 있어 두려움에 손을 쓰지 못하였다. 이후, 신성을 모독당한 아테나는 제우스에게 폭풍우를 일으키도록 부탁하여 귀국길에 오른 그리스군의 함대를 난파시켰다. 여기서 아이아스의 함선은 벼락을 맞아 침몰되었으나, 아이아스는 가까스로 바위에 기어올라 살아남았다. 그러나 이때에도 아이아스는 신들의 노여움을 이겨내고 살아남았다고 오만을 떨다가 포세이돈에 의해 바다에 빠져 익사하였다'는 내용의 이야기이다.

오이디푸스와 안티고네(Johann Peter Krafft 작, 1809)

소포클래스의 유명한 작품은 〈오이디푸스 왕〉이다.

'크레온은 선왕 라이오스의 살해자를 찾아내어 처벌해야 한다는 신탁을 받아온다. 이에 오이디푸스는 살해범을 찾기 위해 전력을 기울인다. 그러나 결국에는 신탁대로 자신이 아버지를 살해하고 어머니와 결혼했다는 사실을 알고는 두 눈을 찔러 장님이 되어 방랑의 길을 떠난다'는 내용이다.

〈오이디푸스 왕〉은 자신이 범인임을 알지 못하고 집념에 사로잡힌 인간의 한계를 그린 작품이다. 또한 오이디푸스가 진실을 밝히면 밝힐수록 운명의 굴레 속으로 빠져들어 처절한 파멸을 가져온다는 인간의 무력함과 비참함을 잘 보여 준다.

현재, 이 이야기를 바탕으로 오이디푸스콤플렉스라는 말이 쓰인다.

오이디푸스콤플렉스란 남성이 부친을 증오하고 무의식중에 모친을 사랑하게 되는 것을 말한다. 반대의 경우는 엘렉트라콤플렉스라고 부른다.

2. 호메로스 서사시 『일리아드』와 『오디세이아』

2.1. 『일리아드』

일리아드는 아폴론이 그리스에 역병을 퍼뜨리는 것에서 시작한다. 이 과정에서 그리스의 장군 아가멤논과 아킬레우스는 역병의 원인을 두고 아가멤논과 말다툼을 벌이고 아킬레우스는 분노하여 더 이상 전투에 참여하지 않는다. 아킬레우스의 불참으로 아가멤논은 패배직전의 궁지에 몰린다. 이때, 아킬레우스의 절친한 친구인 파트로클로스가 전사하자 원수를 갚기 위해 전쟁에 참가하게 된다.

결국 아킬레우스는 적장인 헥토르를 죽이고 그리스군을 승리로 이끈다. 그러나 마지막에는 헥토르의 부친 프리아모스 왕이 찾아오자 연민을 느낀 아킬레우스는 헥토르의 시신을 돌려주어 장례를 치르게 한다.

그 후, 트로이 목마를 사용하여 그리스군은 승리하게 되는데, 여기서 아킬레우스는 자신의 유일한 약점이었던 발뒤꿈치에 화살을 맞아 죽음을 맞이하게 된다.

『일리아드』는 분노와 복수, 승리와 패배, 원한과 화해, 삶과 죽음 등과 같은 대립항을 형성하면서 전개되는 전형적인

투구를 쓴 여장남자가 아킬레우스. 에라스무스 켈리누스의 작품 <리코메데스의 딸들 가운데 있는 아킬레우스>

비극의 면모를 보여 준다.

『일리아드』는 트로이 전쟁터에서 벌어지는 전사들의 무용, 영웅들의 알력과 결투 등이 중요한 줄거리로 다루어져 있다. 즉, 순전한 전쟁 서사시로 처참한 전쟁터에서 혈투하는 영웅들의 용맹과 열정이 흥미의 중심이 되어 있고, 그중에서도 용감하고 힘센 영웅 아킬레우스의 분노가 자아내는 파란곡절이 두드러지게 부각되어 있다.

아름다운 것은 다 선한 것인가?

아내가 부정을 저질렀지만 메넬라오스는 트로이 몰락 후에 아름다운 헬레네를 용서, 관대하게 넘겨주는 미덕을 베풀었다.

파리스는 비길 데 없는 연인이자 유혹가로서의 사명을 완수하였으며, 최후에는 여전히 영웅으로 진가를 보였다. 그가 쏜 화살이 불사신인 아킬레우스의 유일한 급소인 발뒤꿈치를 명중하여 아킬레우스를 죽음에 이르게 했기 때문이다.

2.2. 『오디세이아』

주인공 오디세우스가 트로이 전쟁 후 고국으로 돌아가는 길에 겪는 수많은 난관에 대한 이야기가 주요한 골자로 되어 있다.

전편에 오디세우스의 용기와 지략과 침착성이 부각되며, 부인 페넬로페의 정절, 부부와 부자간의 깊은 애정과 의리 등 가정적인 요소가 곁들여져 있다.

오디세이아는 오디세우스가 10년에 걸쳐 겪은 모험과 귀국에 관한 이야기이다.

아들 텔레마쿠스는 아버지인 오디세우스가 돌아오지 않자 아버지를 찾기 위해 여행을 하게 된다.

이때 오디세우스는 트로이 원정에서 귀국하던 중 포세이돈의 노여움을 사서 요정 칼립소의 포로가 되어 7년 동안 그녀의 섬에 잡혀 있게 된다.

한편 오디세우스의 아내인 페넬로페는 구혼자들에게 시달리게 된다.

아버지를 찾아 여행을 떠난 텔레마쿠스는 오랜 여행 끝에 오디세우스를 만나게 된다. 텔레마쿠스는 집안일을 아버지께 말하고 구혼자들을 처치할 계획을 세운다.

오디세우스는 거지행색을 하고 궁전(자신의 집)을 찾아간다. 이 무렵 페넬로페는 구혼자들의 청혼을 계속 거절해 오다가 남편이 사용하던 강궁을 쏠 수 있는 사람과 혼인하겠다는 묘안을 제시한다. 모든 구혼자들은 실패하고 거지행색의 오디세우스만이 강궁을 쏘아 명중시킨다.

오디세우스와 텔레마쿠스는 모든 구혼자들을 죽인 후 왕국의 지배권을 다시 확립하고, 정숙한 아내 페넬로페와 감격스레 재회한다. 마지막으로 오디세우스는 아테나 여신의 중

프란체스코 프리마티초(Francesco Primaticcio)의〈오디세우스와 페넬로페(Odysseus and Penelope)〉(1563)

개로 구혼자의 유가족들과도 화해한다.

『오디세이아』는 오디세우스와 포세이돈의 갈등과 구혼자에 대한 페넬로페의 대응, 텔레마쿠스의 부친 탐색 등을 골격으로 하여 헤어진 가족의 재결합이라는 주제를 담고 있다.

그러나 이 작품의 초점은 어디까지나 집단적인 문제가 아니라 개인적인 문제에 놓여 있다.

오디세우스의 귀향

트로이를 멸망시킨 영웅들 중 가장 힘들게 고향에 돌아간 사람은 오디세우스다. 그는 트로이를 망하게 했다는 이유로 신들의 미움을 받아 무려 10년이라는 세월을 바다에서 보내게 된다.

오디세우스의 섬 이타케

고난에 찬 오디세우스는 불안과 향수에 시달렸으며, 만일 지혜의 여신인 아테나가 돕지 않았더라면 삶의 용기까지도 사라져버리고 말았을 것이다.

페넬로페(Penelope)

페넬로페에게 구혼한 20명의 귀족이 있었으나 그녀는 아무에게도 호의를 보이지 않았으며 그 누구에게도 승낙의 답을 해 주지 않은 채, 날마다, 짜고 있는 옷감이 완성되는 대로 그중 한 남자와 결혼하겠다고 그들을 달래나 밤에는 낮 동안 짠 만큼의 천을 풀어버리곤 했던 것이다.

정절과 덕의 승리

오디세우스는 아무리 현명하고 성공한 남자라고 하더라도 아내의 애정을 잃는다면 재산까지도 잃게 된다는 것을 깨달았다.

오랜 세월과 갖가지 체험들이 그를 변모시킨 데 비해, 그녀는 옛날 그대로였다.

오디세이아는 결국 여성의 승리와, 감각에 의한 여성의 우위와, 예절에 의한 여성의 힘을 확인한 것이라고 할 수 있다.

변방의 그리스

기원전 2천 년 이래의 지중해 세계에서는 서양과 동양의 위상이 현재와 정반대의 모습을 보이고 있었다.

당시 문명 선진국은 메소포타미아 지방과 나일 강 유역의 오리엔트 국가들이었다.

오리엔트 극복

그리스 영웅시대의 신화는 최초의 유럽인이 오리엔트에 대해 가졌던 열등감을 극복하기 위한 노력을 원초적 형태로 적나라하게 드러내 보여 주고 있다.

2.3. 그리스인의 정체성 확인

호메로스의 두 서사시 일리아드와 오디세이아가 모두 트로이 전쟁을 배경으로 한 것이다.

헤겔은 트로이 전쟁은 그리스인의 십자군 전쟁이라 했다.

트로이 전쟁을 아름다운 민족 서사시로 빚어내고 고전의 전형을 형성했다는 점이 곧 최고의 문화를 창조하는 원동력이 되었다고 볼 수 있다.

2.4. 신화 속의 트로이 전쟁

올림포스의 여러 신들이 펠레우스와 테티스의 결혼식 날에 불화의 여신 에리스를 제외하고 함께 모여 파티를 했다. 에리스(Eris/Eros)는 결혼선물로 '가장 아름다운 여신에게'라고 쓰인 황금사과를 던졌다. 이에 헤라, 아프로디테, 아테나는 제각기 그 사과가 자기 것이라며 경쟁하기 시작한다.

여신들의 아름다움에 대한 경쟁은 최고의 신 제우스마저 판단하기 어려웠고, 이런 미묘한 문제의 판결을 원치 않았던 제우스는 여신들을 양치기 소년 파리스에게 보내 판정을 받도록 하였다. 심사위원은 16세의 양치기 파리스(Paris)이다.

루벤스(Peter Paul Rubens)의 <El juicio de paris(파리스의 심판)>(1638~1639년 작)

바다의 여신 테티스의 결혼식이 거행되었을 때 여러 신들이 잔치에 초대되었다. 그러나 불화의 여신 에리스만은 제외되었다. 노한 에리스는 '가장 아름다운 자에게'라고 쓰여 있는 황금 사과를 연회석에 던졌다. 아테나(로마신화에서 미네르바), 헤라(주노), 아프로디테(비너스) 세 여신이 이 사과를 두고 다투자, 제우스는 그 심판을 파리스에게 맡겼다. 아테나는 지혜를, 헤라는 세계의 주권을, 아프로디테는 인간 중에서 가장 아름다운 여자를 이데산으로 달려가 파리스에게 각각 약속하였다. 파리스는 아프로디테를 택하였고, 이에 따라 세상에서 가장 아름다운 여자인 스파르타의 헬레네가 주어지게 된다. 파리스는 아프로디테의 도움으로 헬레네를 트로이로 데리고 왔으나, 그녀는 이미 스파르타의 왕 메넬라오스의 아내였기 때문에 그리스인들은 헬레네를 되찾기 위해 트로이 원정을 하게 되어 마침내 트로이 전쟁은 시작된다. 우리가 만약 파리스였다면 누구를 선택했을까?

본래 트로이의 프리아모스 왕의 둘째 아들이다.

여신들은 제각기 자기에게 유리한 판결을 원하면서 헤라는 권력과 부를, 아테나는 전쟁에서 승리하는 영광과 명예를, 아프로디테는 가장 아름다운 여자를 선물로 주겠다고 약속했다.

파리스는 황금의 사과를 아프로디테에게 주었다. 아프로디테는 스파르타 왕 메넬라오스의 아내 헬레네를 파리스와 사랑에 빠지게 한다. 실제로 천하제일의 미모는 스파르타 왕 메넬라오스에게 시집간 헬레네였다.

아프로디테 탓에 관능의 불길이 붙은 헬레네는 파리스에 끌려 돌아올 수 없는 다리를 건너갔다. 파리스는 고국인 트로이로 헬레네를 데리고 간다. 이로 인해서 10년에 걸친 트로이 전쟁이 일어났다.

10년 전쟁의 결과, 트로이는 멸망하게 되고 헬레네는 다시 미케네로 돌아와 메넬라오스와 살게 된다.

2.5. 호메로스

호메로스는 『일리아드』와 『오디세이아』에서 그리스인의 선사시대를 '영웅시대'의 형태로 완성하고 있다.

시인 호메로스(B.C. 800?~B.C. 750)는 유럽문학 최고 최대

(最古最大)의 서사시 『일리아드』와 『오디세이아』의 작자라고 전해진다. 그의 출생지나 활동에 대해서는 그 연대가 일치하지 않으나, 작품에 구사된 언어나 작품 중의 여러 가지 사실로 미루어 보아 앞의 두 작품의 성립연대는 B.C. 800~B.C. 750년경으로 보는 것이 타당하다. 그의 성장지로 추측되는 도시가 7군데나 되나 그중 소아시아의 스미르나(현재 이즈미르)와 키오스섬이 가장 유력하다. 그는 이 지방을 중심으로 서사 시인으로서 활동한 것으로 보이며, 이오스섬에서 사망했다고 한다.

서사시 『일리아드』와 『오디세이아』 2대 서사시 외에 『호메로스 찬가』라는 일군(一群)의 찬가집(讚歌集)이나 익살스러운 풍자시 『마르기테스』와 『와서회전(蛙鼠會戰)』 등 몇 가지 서사시가 그의 작품이라고 하나 이것도 불명확하다. 또 『일리아드』와 『오디세이아』가 동일인의 작품이냐의 문제로 오래 전부터 논쟁이 많았다. 18세기 후반 F. A. 월프가 『호메로스 서설(序說)』(1795)을 발표한 이래, 그의 존재 그 자체와 작품의 성립과정, 2대 서사시의 작자의 진부(眞否) 등 여러 가지 시비가 있었으나 어떻든 두 서사시는 한 작가에 의해서 이루어진 것으로 생각된다.

『일리아드』는 1만 5693행(行), 『오디세이아』는 1만 2110

행의 장편 서사시이며, 각각 24권으로 되어 있다. 두 서사시는 고대 그리스의 국민적 서사시로, 그 후의 문학·교육·사고(思考)에 큰 영향을 끼쳤고, 로마제국과 그 후 서사시의 규범이 되었다.

호메로스는 그리스 최고의 문인일 뿐 아니라 서구의 시문학 전반에 가장 큰 영향을 끼친 위대한 시인이다. 극시의 원조요, 수사학의 귀감으로 여겨지고 있었다. 호메로스의 작품은 라틴어로 번역된 이래 베르길리우스, 호라티우스, 키케로 등 로마 시대의 문학가들은 모두 호메로스의 찬미자가 되었고, 그 영향은 계속 후대의 유럽 여러 나라의 문학에 커다란 공헌을 하였다.

〈비너스의 탄생〉(산드로 보티첼리, 1486년경 작품, 우피치 미술관 소장)

산드로 보티첼리의 이 작품 속에 등장하는 비너스는 시모네타 베스푸치라는 여인이다. 그녀는 15세기 피렌체를 대표하는 미인이었다. 재능이 많았지만 일찍이 요절하고, 보티첼리를 흠모했다고 전해진다. 보티첼리는 이 작품을 그녀의 생전에는 그리지 못하고, 사후 여신으로 표현했다고 전해진다.

그리스 로마 신화에 따르면 비너스는 바다의 물거품에서 탄생했는데, 이 물거품은 크노소스가 복수로 아버지의 성기를 잘라 바다에 버리자 거품이 일어나면서 비너스가 태었다. 비너스의 탄생의 순간을 그린 작품이 바로 보티첼리의 〈비너스의 탄생〉이다.

<우르비노의 비너스>(티치아노 베첼리오, 1538년 작, 피렌체 우피치 미술관 소장)
창문 난간에 있는 둥근 은매화나무는 비너스가 들고 있는 장미꽃과 더불어 결혼의 영원한 애정과 헌신을 상징하고 있다. 개는 주인에게 복종을 하는 충성스러운 동물이다. 이 작품에서 비너스 발밑에 개를 그려 넣은 것은 부부가 서로 결혼의 의무를 저버리지 않고 서로에게 정절을 지키라는 의미를 담고 있다.
이 작품처럼 실내를 배경으로 등장하고 있는 누드는 그리스 로마시대의 고전문학에 영향을 받아 16세기 전반에 나타나기 시작했다. 그 이전의 누드화는 남성을 대상으로 표현되었다. 이 작품이 가지고 있는 메시지는 사랑의 여러 가지 측면과 순결 그리고 관능의 결합이다. 곤차가 가문의 신혼방을 장식하기 위해 제작되었다.

<잠든 비너스>(폴 델보, 1944년 작, 런던 테이트 갤러리 소장)

여자들에게 비너스는 완벽한 팔등신 몸매를 상징하지만, 남자들에게 비너스는 꿈의 여신이다. 남자의 로망을 비너스로 표현하고 있는 작품 <잠든 비너스>는 신화를 이용해 프로이트의 꿈을 해석하고 있다.

3. 트로이 전쟁

바다의 여신 테티스와 펠레우스의 결혼식에 초대받지 못한 불화의 여신 에리스가 남긴 황금 사과를 두고 헤라와 아프로디테(로마신화의 비너스), 아테나가 서로 다투다가 트로이 왕자 파리스가 심판을 내려 아프로디테가 주인이 되었다. 그 대가로 파리스에게 세상에서 가장 아름다운 여인을 아내로 맞게 해 주겠다고 약속한 아프로디테는 스파르타의 왕비 헬레네의 사랑을 얻게 해 주었다. 아내를 빼앗긴 메넬라오스는 형 아가멤논과 함께 트로이 원정길에 나서 전쟁이 시작되었다.

그리스군의 아킬레우스와 오디세우스, 트로이군의 헥토르와 아이네아스 등 숱한 영웅들과 신들이 얽혀 10년 동안이나 계속된 이 전쟁은 오디세우스의 계책으로 그리스군의 승리로 끝났다. 그리스군은 거대한 목마를 남기고 철수하는 위장 전술을 폈는데, 여기에 속아 넘어간 트로이군은 목마를 성 안으로 들여 놓고 승리의 기쁨에 취하였다. 새벽이 되어 목마 안에 숨어 있던 오디세우스 등이 빠져 나와 성문을 열어 주었고 그리스군이 쳐들어와 트로이성은 함락되었다. 여기서 비롯된 '트로이의 목마'는 외부에서 들어온 요인에 의하여 내부가 무너지는 것을 가리키는 용어로 쓰이게 되었다.

이 전쟁에 얽힌 흥미로운 이야기는 고대인들의 상상력을 자극하여 수많은 영웅 서사시가 만들어졌으나 그중에서 뛰어난 문학성을 인정받은 호메로스의 『일리아드』와 『오디세이아』만이 후세에 전해졌으며, 이 전쟁과 관련된 이야기를 소재로 하여 수많은 예술 작품이 탄생하였다.

한편 고대에는 이 전쟁의 역사적 사실성에 대해서 의심하지 않았으나, 19세기의 비판적 역사 연구에서는 허구적인 신화로 취급하는 풍조가 강하였다. 그러나 하인리히 슐리만이 1870년부터 트로이 유적지를 발굴함으로써 두 나라 사이에 충돌이 있었다는 역사적인 근거를 얻게 되었다.

1870년대 이후 호메로스의 서사시에 매료된 독일의 아마추어 고고학자 하인리히 슐리만은 전설로만 여겨졌던 트로이의 성채와 도시를 발굴, 나아가 아가멤논의 분묘와 황금마스크를 비롯한 많은 유물을 발견하였다.

누구나 전설로 여기고 있던 이 이야기를 책 좋아하고 호기심 많던 어린 슐리만(Schliemann, 1822~1890)은 예사롭게 넘기지 않았다. 그리고 언제가 될지는 모르겠지만 반드시 트로이 성의 유적을 발굴하겠다는 결심을 굳혔다. 그로부터 50여 년이 지나 발굴에 필요한 충분한 자금과 능력을 갖춘 슐리만은 히사를리크(Hisarlik) 언덕 남쪽과 북쪽에서부터 발굴을 시작했다. 그리고 그로부터 3년 후 슐리만은 세계를 향해 외쳤다.

"트로이가 발굴되었습니다. 트로이는 전설이 아니라 실제였습니다."

사실 슐리만이 발굴한 언덕에서는 여러 층이 발견되었다. 슐리만은 그 가운데 두 번째 층, 즉 제2시(市)라고 불리는 층을 트로이라고 여겼으나 학계에서는 인정하지 않았다.

그리고 시간이 지난 후 슐리만은 그의 협력자인 되르펠트(Dörpfeld)가 제6시를 트로이라고 주장하자 그 의견에 동의했다. 그러나 슐리만 사후인 1936년부터 발굴에 참여한 미국의 고고학자 블레전(Blegen)은 제6시가 자연 재해로 파괴되었으며 전쟁과 화재의 흔적을 가진 제7시야말로 트로이라고 주장했다. 그의 주장은 학계의 광범위한 승인을 얻어 최근에도 트로이는 제7시로 알려져 있다.

1930년대에 미국의 블레전이 트로이 유적에 대한 과학적인 재조사를 시행한 결과, 트로이 전쟁이 사실성을 갖는다면 9층으로 이루어진 유적 가운데 B.C. 1250년의 것으로 추정되는 제7층 A가 여기에 해당한다고 주장하였다.

트로이의 목마 모형

터키, 트로이 주변에서 발굴된 동전과 도자기를 근거로 트로이 목마 모형을 만들었다고 한다. 1996년 터키 역사 국립공원으로 지정되고, 1998년에 유네스코 세계문화유산이 되었다.

트로이에 대한 역사적 경제적 가정

트로이의 부를 빼앗으려고 일으킨 전쟁 트로이가 다르다넬스 해협을 통과하는 험난한 항로를 피해 육로수송을 가능케 해 주는 전략적 경제적 요충지였다.

트로이는 동양과 서양을 가로지르는 겨우 1.5km인 다르다넬스 해협을 끼고 당시 최고의 부를 누린 도시였다.

그리스 아카이아인[1]들은 트로이에 정착할 생각은 없었고 단지 대규모의 약탈을 벌일 계획이었다.

당시 그리스는 미케네 문명의 절정기였다.

트로이는 아카이아인의 약탈 이후 잿더미가 되어 그 후 몇 세기 동안 폐허로 남아 있게 된다. 전쟁이 끝난 후 아카이

1) 아카이아인: B.C. 2000년경 그리스 본토로 침입하여 선주민의 발달된 농업문화를 흡수하면서, B.C. 16세기 이후 미케네시대(B.C. 12세기까지)의 번영을 이룬 청동기시대의 그리스인.

아인들은 그리스 본토로 엄청난 전리품을 가지고 온다. 그러나 북방의 호전적인 도리아인에 의해 멸망하고 만다.

트로이 유적지에 있는 <트로이 목마>

한 자리에 3,300년간 존재한다는 것은 불가사의한 일이다. 기원전 3천 년 전 아홉 왕조가 존재하다 사라진 전설 같은 왕조가 바로 트로이 왕조이다. 트루바(Truva)는 트로이 전쟁의 무대로 알려져 있는데, 이스탄불에서 약 350km 떨어진 곳으로 흑해로 가기 위해선 반드시 지나야 하는 마르마라 바다와 에게 해를 잇는 다르다넬 해협 초입에 자리하고 있어 당시 문명의 중심지로 충분한 조건을 갖추고 있다.
트로이 전쟁을 소재로 쓰인 『일리아드』와 『오디세이아』의 저자인 호메로스는 터키 에게 해의 관문 도시인 이즈미르(Izmir)에서 출생한 것으로 알려져 있다.
<트로이 목마>가 위치한 트로이 유적지는 1996년 터키 역사 국립공원으로 지정되었으며, 1998년 유네스코 세계문화유산이 되었다.

4. 영웅 서사시

원시공동체 사회에서 고대로 이행하는 과도기, 즉 영웅시대에 수많은 영웅서사시들이 만들어졌다. 신화시대의 주인공이 신들이었다면 영웅시대에는 탁월한 민족 영웅들이 이야기의 중심에 서게 된다.

가장 오래된 영웅서사시는 지금부터 약 4000년 전 최초의 언어 수메르어로 기록되어 있는 『길가메쉬 서사시』이다. 길가메쉬와 엔키투라는 두 영웅의 이야기로서 구약성서에 나타나는 대홍수 신화의 원천으로 주목 받았다. 그러므로 구약성서나 그리스 신화보다 기록에 있어서는 시기적으로 훨씬 앞서 있다.

그 뒤를 이어서 가장 많이 알려져 있는 것으로 그리스와 트로이 사이의 10년간의 전쟁 이야기를 배경으로 하고 있는 『일리아드』, 『오디세이아』가 있다. 우리에게는 아킬레스건으로 잘 알려져 있는 아킬레우스와 아가멤논, 오디세우스 등의 그리스 영웅과 헥토르, 아이네이스 등의 트로이 영웅 사이의 전쟁을 기록하고 있다. 잘 알려져 있는 '트로이의 목마'는 지금까지도 인구에 회자되고 있다. 그리스에 이어서 로마에서는 트로이의 영웅 아이네이스를 다루고 있는, 베르길리

안키세스를 업고 트로이를 탈출하는 아이네이스(페데리코 바로치(Federico Barocci), <Aeneas' Flight from Troy>, 1598년 작)

아이네이스는 트로이 다르다니아의 왕자, 트로이 왕족인 안키세스와 여신 아프로디테(로마신화의 비너스)의 아들이다. 호메로스의 『일리아드』에 따르면 트로이전쟁에서 그리스군에 대항하여 용맹을 떨친 인물이다. 고대 로마이 시인 베르길리우스는 이를 소재로 '아이네이스의 노래'라는 뜻의 『아이네이스』를 지었다.

우스의 『아이네이스』가 있다. 그리고 레싱의 『라오콘』이라는 책으로 더욱 유명해진 트로이의 사제 라오콘 가족의 비극이 유명하다.

그 외에도 중세 유럽 사회에서 형성된, 민족 영웅 관련 서사시들이 있다. 영국에는 『베어울프』나 아더왕 이야기, 프랑스에는 『롤랑의 노래』, 독일에는 『니벨룽겐의 노래』 등이 각 민족을 대표하는 영웅서사시로 손꼽힌다. 이외에도 인도의 『마하바라타』를 영웅서사시에 포함시킬 수 있다. 이처럼 영웅서사시는 대부분 고대와 중세를 거치면서 민간에 전승되던 영웅전설을 문자언어로 정착하면서 발생하였다. 영웅서사시와 영웅가요(영웅찬가)는 그 길이에 의해서 구별된다. 같은 운문이어도 영웅서사시는 줄거리 전체를 모두 이야기할 수 있을 정도로 길지만, 영웅가요는 개개의 일화만을 다루고 있어서 짧다. 둘 사이의 실질적인 차이는 없지만, 영웅가요의 구전성이 영웅서사시라는 문자로 옮겨지는 과정에서 길어졌을 가능성이 있다.

5. 영화 <트로이>와 그리스 신화

금지된 사랑이 일으킨 거대한 10년 전쟁이 시작된다. 고대 그리스 시대, 가장 잔인하고 불운한 사랑에 빠지고 만 비련의 두 주인공 트로이의 왕자 '파리스'(올란도 블룸)와 스파르타의 왕비 '헬레네'(다이앤 크루거). 사랑에 눈 먼 두 남녀는 트로이로 도주하고, 파리스에게 아내를 빼앗긴 스파르타의 왕 '메넬라오스'(브렌든 글리슨)는 치욕감에 미케네의 왕이자 자신의 형인 '아가멤논'(브라이언 콕스)에게 복수를 부탁한다. 이에 아가멤논은 모든 그리스 도시 국가들을 규합해 트로이로부터 헬레네를 되찾기 위한 전쟁을 일으킨다. 그러나 전쟁의 명분은 동생의 복수였지만, 전쟁을 일으킨 진짜 이유는 모든 도시 국가들을 통합하여 거대한 그리스 제국을 건설하려는 야심이었다.

한 치도 양보할 수 없는 절대적인 힘의 충돌이었다.

그러나 '프리아모스' 왕(피터 오툴)이 통치하고 용맹스러운 '헥토르' 왕자(에릭 바나)가 지키고 있는 트로이는 그 어떤 군대도 정복한 적이 없는 철통 요새였다.

트로이 정복의 결정적인 키를 쥐고 있는 것은 바다의 여신 테티스(줄리 크리스티)와 인간인 펠레우스 사이에서 태어난 불세출의 영웅, 위대한 전사 '아킬레우스'(브래드 피트)뿐이다.

어린 시절, 어머니 테티스가 그를 불사신으로 만들기 위해 스틱스 강(황천)에 담궜을 때 손으로 붙잡고 있던 발뒤꿈치에는 강물이 묻질 않아 치명적인 급소가 되었지만, 인간 중에는 당할 자가 없을 만큼 초인적인 힘과 무예를 가진 아킬레스는 모든 적국 병사들에게 공포의 대상이었다.

그러나 아킬레스는 전리품으로 얻은 트로이의 여사제 브리세이스(로즈 번)를 아가멤논 왕이 빼앗아가자 몹시 분노해 더 이상 전쟁에 참가하지 않을 것을 선언하고 칩거해버린다. 아킬레스가 전의를 상실하자 연합군은 힘을 잃고 계속 패하게 되고 트로이의 굳게 닫힌 성문은 열릴 줄을 모른다. 결말이 나지 않는 지루한 전쟁이 계속 이어지고 양쪽 병사들이 점차 지쳐갈 때쯤, 이타카의 왕인 지장 오디세우스(숀 빈)가 절묘한 계략을 내놓는다. 거대한 목마를 이용해 트로이 성을 함락시키자는 계략을 세우게 되고 결국 그 계략에 트로이는 멸망의 길로 들어선다.

금지된 사랑은 한 나라의 문명을 파괴시킬 만큼 거대한 10년간의 전쟁을 일으키고, 자존심을 건 양국의 싸움은 피바람 날리는 전쟁터에 불멸의 신화를 탄생시킨다.

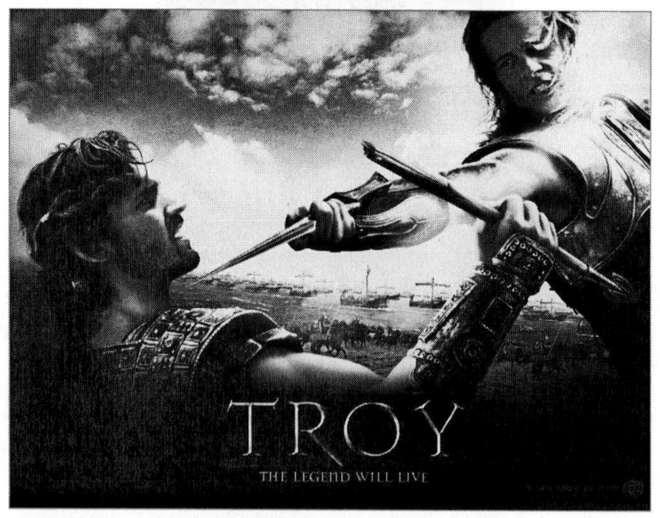

영화 〈트로이〉(볼프강 페터슨 감독, 2004)

6. 영화 <트로이>와 그 원작 『일리아드』 비교하기

진부하고 전형적인 남성의 야망 때문이 아닌, 절세 미모의 여인을 얻고자 했던 한 남자의 사랑이 불씨가 된 전쟁이 있다. 생각만으로도 가슴 설레는 이 신화는 단연 아름답고 슬픈 이야기를 갖고 있는 서사시로서 영화로 제작되기 안성맞춤인 내용임에 틀림없다.

그런데 전쟁은 무려 10년이었다. 또 옛 트로이는 주석이 많이 나고 소금이 많이 나는 나라여서, 경제적으로 부유했던 트로이였기 때문에 이 시대는 청동기 시대로서 주석이 가장 중요했었던 재료이고 트로이는 부유하고 상권의 중심인 나라였기에 10년 동안 전쟁을 하여서라도 트로이를 점령하고자 했을 것이다. 이 영화에서는 아내 헬레네를 빼앗긴 것에 대한 분노를 시발점으로 그 전쟁이 시작되는 설정이다. 이 영화에서 보면 10년간의 전쟁을 너무나도 짧게 표현한 점이 좀 아쉬운 부분이다.

영화 〈트로이〉는 호메로스의 서사시 『일리아드』와 많은 부분에서 다르다. 방대한 원작을 영화로 옮기기 위해선 축약, 생략, 변형은 기본이다. 원작(일리아드, 그리스 신화 등등)에서 변형된 점들은 다음과 같다.

1. 호메로스의 『일리아드』는 헥토르가 화장되는 장면을 끝으로 막을 내린다. 그 이후의 다른 얘기는 『오디세이아』나 『아이네이스』에서 나온다.
2. 『일리아드』에선 인간들만큼이나 신들도 중요한 역할을 한다. 그래서 트로이 전쟁의 원인을 따지고 들어가면 파리스와 헬레네 이야기 이전까지 거슬러 올라갈 수 있다. 거기엔 엉뚱하게도 초대받지 못한 한 여신의 화풀이와 헤라, 아테네, 아프로디테 등 세 여신의 미모 경쟁이 자리를 잡고 있다. 또 전쟁이 벌어지는 가운데에도 신들은 자기 보호하에 있는, 자기 맘에 드는 쪽의 편을 들어 전쟁의 흐름을 바꿔놓기도 한다. 하지만 영화에선 신의 영향력이 완전히 배제되어 있다.
3. 영화에서 아킬레스가 사랑하는 여인으로 브리세이스가 등장하고 그녀는 헥토르, 파리스의 사촌이자 신을 섬기는 여사제로 나온다. 하지만 『일리아드』에선 브리세이스는 헥토르, 파리스와는 별 관련이 없는 인물로서 아킬레스의 총애를 받는 여종이다. 아가멤논과 갈등을 일으키는 한 요소가 되긴 하지만 영화처럼 그렇게 직접적인 요인은 아니다.
4. 아킬레스가 다시 전쟁에 참여하게 된 계기는 페트로클로스가 헥토르의 손에 죽었기 때문이다. 영화에서 페트로클로스는 아킬레스의 사촌으로 나오며 아킬레스 몰래 부하들을 이끌고 나

가 죽는 것으로 나오지만 『일리아드』에선 여러 전쟁터를 함께 누빈 아킬레스의 가장 친한 친구로 나온다. 또 페트로클로스는 아킬레스의 허락을 받고서 그의 갑옷을 대신 입은 채 출전했다가 헥토르의 손에 죽게 된다.

5. 아킬레스가 파리스가 쏜 화살에 맞고서 죽는 건 원작이나 영화나 똑같다. 하지만 시기가 다르다. 영화에선 트로이가 함락되는 순간 브리세이스를 찾다가 죽는 걸로 나오지만 원작에선 트로이의 함락을 보지 못하고 죽는다. 당연한 일이지만 아킬레스는 원작 『일리아드』에서는 트로이 목마 안에 탈수가 없었다. 이미 죽은 존재였기 때문이다.
6. 영화에서 메넬라오스는 파리스와 결투를 하다가 헥토르의 손에 죽는다. 하지만 원작에선 메넬라오스는 죽지 않는다. 따라서 파리스가 결투에 지고도 살아남은 건 헥토르 때문이 아니다. 파리스는 아프로디테 여신의 도움으로 살아남는다.
7. 영화는 파리스가 브리세이스를 데리고 도망치면서 끝이 난다. 하지만 원작에서는 파리스 역시 활에 맞아 죽는다. 그 역시 트로이 목마는 구경조차 할 수 없었다.
8. 헬레네 역시 영화에선 도망치는 걸로 나온다. 그러나 원작에서는 파리스가 전쟁 도중에 죽자 헬레네는 아가멤논 연합군 쪽으로 돌아섰고 오디세우스가 전쟁 도중 성에 잠입한 것을 보고도

모른 척 해 준다. 트로이가 함락된 후에 그녀는 메넬라오스와 재회를 하고 그와 함께 행복하게 트로이를 떠난다.

9. 아가멤논은 마지막 순간 브리세이스의 칼에 맞아 죽지만 원작에선 트로이 전쟁이 끝나고 나서 나중에 죽는다. 그의 아내와 정부에 의해 죽임을 당한다.

10. 영화에 보면 아약스라는 그리스 측의 거한이 하나 나온다. 압도적인 힘으로 전장을 누비지만 헥토르에게 죽임을 당하는 모습으로. 이는 아마도 아이아스를 표현한 것으로 보인다. 아이아스는 그리스군의 핵심 인물로서 용맹을 떨쳤으며, 트로이를 함락시키는 데 결정적인 역할을 한 목마 속에 들어간 40명의 장수 가운데 하나였다.

    원작에선 아킬레스 다음 가는 영웅으로 나오는데 아킬레스 사후, 그의 무구를 놓고 오디세우스와 경합을 벌이다 패하게 되자 이성을 잃고 행패를 부리게 된다. 정신을 차린 그는 수치심에 자결을 한다. 자결할 때 사용한 칼이 전리품으로 빼앗았던 헥토르의 칼이다.

11. 아킬레스가 트로이 전쟁에 처음 참여하게 된 계기가 오디세우스의 설득에 의한 것은 맞지만 영화처럼 그렇게 단순하지만은 않았다. 아킬레스의 운명을 알아챈 어머니(테티스 여신)가 아킬레스를 빼돌려 여장을 시키고서 왕궁의 궁녀들 틈에

숨겨놓았기 때문이다. 다른 여자들과 달리 무기에 관심을 보인 아킬레스를 상인으로 위장한 오디세우스가 알아차렸고 그리곤… 설득 당했다. 오디세우스는 원작에 등장하는 지장(智將)의 대명사이다. 영화에선 오디세우스에 대해 별 언급이 없었지만 그 역시 참전을 피하기 위해 미친 척까지 했었다. 물론 어떤 인물에 의해서 간파 당해 참전하게 되고 덕택에 호메로스의 다른 대서사시 『오디세이아』의 주인공이 된다.

12. 헥토르의 아내와 자식도 원작에선 무사히 도망치지 못했다. 자식은 살해당했고 안드로마케(헥토르의 아내)는 노예가 되었다. 그러나 안드로마케는 노예로서 생을 마감하지는 않는다.
13. 아킬레스가 마음에 두었던 트로이의 왕녀가 있긴 있었다. 프리아모스 왕의 딸이었으니 헥토르의 누이 정도이다. 아킬레스는 그 왕녀와 결혼하기 위해서 일종의 협상을 벌이는 자리에서 파리스가 쏜 독화살에 맞고 죽게 된다. 트로이가 함락된 후 그 왕녀는 아킬레스 묘 앞에 희생물로 바쳐진다.
14. 영화에서 헥토르의 아내 등이 비밀 통로로 도망칠 때 파리스로부터 트로이의 검을 건네받는 인물이 있다. 그 이름이 아이네이스가 맞는다면 그는 헥토르와 함께 트로이의 또 다른 명장 중의 한 명이다. 게다가 그는 로마 건국 신화와 관련이 있는 인물이다.

신화를 소재로 한 영화중에서 가장 유명하면서도 신화를 가장 충실히 따른 영화라고 한다면 〈트로이〉를 따라올 영화가 없을 것이다. 헥토르와 아킬레스, 파리스, 헬레네와 트로이 전쟁 이야기를 다룬 이 영화는 스케일 면에서나 완성도 면에서나 시대를 앞서 간 수작이라는 평이다. 신이나 데미갓들의 이야기를 다룬 영화들에 비하면 '신화'적인 측면이 적은 것은 사실이다. 독일의 고고학자 하인리히 슐리만에 의해 트로이 전쟁이 신화가 아닌 역사에 가까워지기도 했다. 그러나 바다의 여신 테티스와 펠레우스 왕의 아들이자 스틱스 강에서 목욕하여 인간 이상의 존재가 된 아킬레스의 등장만으로도 트로이 전쟁, 나아가서는 영화 〈트로이〉의 신화적 측면을 부정할 수는 없다. 그런 의미에서 "인간은 죽는 순간에 모든 것을 잃어버리기에 더 아름답다. 그렇기에 신들은 불멸의 존재가 아닌 인간을 부러워한다."는 아킬레스의 대사는 인간의 존재를 다시 생각하게 하는 것이다.

헥토르의 깊은 근심에도 불구하고 파리스는 헬레네를 트로이로 데려와 국왕 프리아모스를 알현하도록 한다. 그리스와의 피할 수 없는 전쟁의 위협과 공포로 괴로워하는 파리스에게 백발의 부친은 사랑의 위대함에 대하여 말한다.

"나는 수많은 전쟁을 겪었다. 그것은 때로는 권력과 영토를 위한 것이었고, 때로는 영광을 위함이었다. 그러나 사랑보다 더 소중한 것은 없다."

영화는 시종일관 파리스와 헬레네의 사랑을 보여 주고 있는 것 같지만, 거기에는 다른 양상의 사람들이 나란히 자리함으로써 관객은 다채로운 사랑의 서사를 대면할 수 있다.

아킬레스는 헥토르와 파리스의 사촌 여동생이자 아폴론 신전의 사제인 브리세이스를 통하여 살육의 전장을 누비는 불세출의 영웅이자 피의 전사로부터 따뜻한 감성을 부여 받은 인간의 모습으로 새로이 거듭난다. 결말부분에서 오로지 브리세이스의 안위만을 걱정하는 아킬레스의 형상은 불멸과 영생에 근접한 강력한 영웅이 아니라, 사랑의 묘약에 취한 나약한 인간의 모습 그 자체가 아닐 수 없다.

트로이 최고의 전사 헥토르는 프리아모스의 효심 깊은 맏아들이자, 젖먹이 아들을 끔찍이도 사랑하는 아버지로 형상화되어 있는데, 그와 왕자비 앙드로마케의 관계는 화목한 부부관계의 지극한 원형으로 그려진다.

아킬레스를 찾아와 자비를 청원하는 프리아모스는 장남을 잃어버리고 죽음까지도 두려워하지 않는 진정한 아버지의 모습을 절절하게 구현한다. 이 장면에서 아킬레스는 헥토르의 시신을 제대로 수습하고 그의 주검 앞에서 오래도록 깊이 통곡하는데, 이것은 〈트로이〉에서 영화작가가 그려내려는 핵심적인 주제 하나를 여실히 보여 준다.

영웅은 누구에게 고개를 숙이는가, 그가 뿌리는 눈물의 의미는 무엇인가를 반추하도록 감독 페터슨은 관객을 인도하는 것이다. 반면에 영화 속에서 아킬레스는 사랑의 의미를 모르는 저급한 인간이자 권력욕의 화신으로 그려진 아가멤논에 대한 저주와 증오를 단호하게 드러낸다.

영화 〈트로이〉에서 아킬레스는 트로이의 수호신 '아폴론' 신상의 목까지 쳐버리는 담대한 인간의 형상으로, 사랑하는 여인의 구원을 죽음의 문턱에서까지 희구하는 '순애보' 남성으로 그려진다.

신성에 정면으로 도전하면서 인간성에 내재된 고귀한 가치를 최고도로 발현하는 인간 아킬레스에게 바쳐진 영화 〈트로이〉는 21세기에 새로이 해석된 그리스 신화의 아름다운 여명이다. 그 여명의 어슴푸레한 기운 속에서 변방의 존재들이 흐릿하게나마 살아난다. 전쟁으로 살육되는 어린 아이들과 여성들, 그리고 제왕과 장군들의 얼굴조차 모르고 그들을 위하여 죽어 가는 이름 없는 병사들이 바로 그들이다.

영화 〈트로이〉는 역사의 이런 소수자들을 기억하면서 인간이 신들의 의지에 반하면서 대결해나가는 양상을 그려내고 있다. 신들이 부러워하는 인간사멸의 운명을 전면에 드러내면서 인간의 바닥 모를 깊은 내면에 자리 잡은 욕망들을 여과 없이 보여 주고 있는 것이다. 그리하여 영화 〈트로이〉는 인간역사가 총괄하고 있는 복잡다단한 면모들의 총체를 상호 모순적인 개념들로 포착하고 있으며, 여기에 페터슨 영화의 진정한 미덕이 있다.

7. 영화 <트로이>와 다른 영화들 비교하기

7.1. <헬렌 오브 트로이>

모든 교역의 중심지 트로이. 이곳의 왕은 아들을 낳는 순간 불길한 신탁을 받는다.

아들이 트로이를 멸망시킬 것이라는 계시를 받고 아들을 산 정상에서 떨어뜨려 죽일 것을 명한다. 하지만 하인은 아기를 그냥 산에 버려두고 아이는 파리스라는 이름으로 목동의 손에서 키워진다.

그러던 어느 날, 미소년 파리스의 앞에 세 명의 여신이 나타나 누구를 선택하겠느냐고 묻는다. 헤라, 아테나, 아프로디테, 세 명의 여신 중 파리스가 선택한 것은 아프로디테였고 아프로디테는 보답으로 그에게 세상에서 가장 아름다운 미인을 점지해 준다. 하지만 이것은 트로이와 스파르타의 기나긴 전쟁이 시작되게 된 시발점이었다. 파리스는 무술대회에 나갔다가 우연한 기회에 자신이 왕의 아들이었다는 것을 알게 되고 왕궁에서 무술을 배우며 왕자로서 살아가게 된다.

한편 아프로디테가 파리스에게 보여줬던 스파르타의 아름다운 여인 헬렌(헬레네)은 그 미모로 인해 오히려 불행한 삶을 살아간다. 그녀는 스파르타 왕 메넬라오스의 아내가 되어 살아가지만 그녀의 마음은 엉뚱한 곳으로 향한다. 그러던 중 파리스는 트로이의 대사로서 스파르타를 방문하게 되는데 그곳에서 헬렌을 만나고 둘은 곧 사랑에 빠지고 만다.

영화 〈트로이〉가 신화를 바탕으로 과장된 허구를 가미해 만들어졌다면, 〈헬렌 오브 트로이〉는 신화 그대로를 충실히 영화로 재현했다고 할 수 있다. 〈트로이〉와 같은 CG와 큰 스케일의 화면을 기대할 순 없지만, 신화에 충실한 만큼 드라마로써는 〈트로이〉보다 훨씬 복잡하고 깊고 슬픈 스토리를 가지고 있다. 〈트로이〉에서와는 달리 헬렌의 선택은 더 힘들고 어려운 일이었고, 그러나 그것은 결코 거절할 수 없는 운명의 선택이기도 했다. 이미 파리스의 선택으로 트로이가 멸망될 것이라는 건, 그의 누나가 그의 탄생과 동시에 "Kill him!"을 외치던 순간부터, 혹은 태어나기 훨씬 전부터 결정되어 있었던 것일지도 모른다.

헬렌을 선택할 수밖에 없었던 파리스도, 자신으로 인해 트로이와 스파르타의 긴 전쟁이 시작될 것이라는 걸 알면서도 파리스를 따라간 헬렌, 전쟁은 피할 수 없음을 깨달은 트로이의 왕, 모두 운명이었던 것이다. 그렇기에 이 운명적인 스토리는 더 가슴 아프고 슬픈, 그러나 더 아름다운 이야기가 될 수 있는 것이다. 헬렌은 진정 아름답고 강했으며, 더 슬프고 가련한 운명을 지녔고, 파리스는 가족에게조차 환대받을 수 없었던 슬픈 운명이었다. 아킬레스는 진짜 싸움과 명예만을 중요시하는 존재로 〈트로이〉에서의 동정심이나 눈물은 찾아 볼 수 없다. 헥토르 역시 동생의 무모한 선택을 거부하면서도 혈육이기에 결국 지키려고 하는 강한 형제애를 보여주며, 〈트로이〉에서는 볼 수 없었던 그 이외의 등장인물들 하나하나의 인생을 들여다 볼 수 있다.

또 〈트로이〉에서 그리 힘을 발휘하지 못했던 여성들의 역할 또한 눈 여겨 볼만하다. 그저 한 남자에게 시집가 내조 잘하면 되는 시대라 할지라도, 모든 여성들이 사랑하는 남편을 위해 아이를 위해 최선을 다하면서 인생의 길을 걸어 나가는 모습은 힘 있고 강하다. 〈트로이〉에서 세간에서 말하는 몸매 좋은 남성들을 눈요기로 영화를 즐겼다면, 〈헬렌 오브 트로이〉에서는 신화의 분위기가 물씬 풍기는 아름다운 영상과, 거역할 수 없었던 운명의 슬픈 사랑 이야기를 즐길 수 있다.

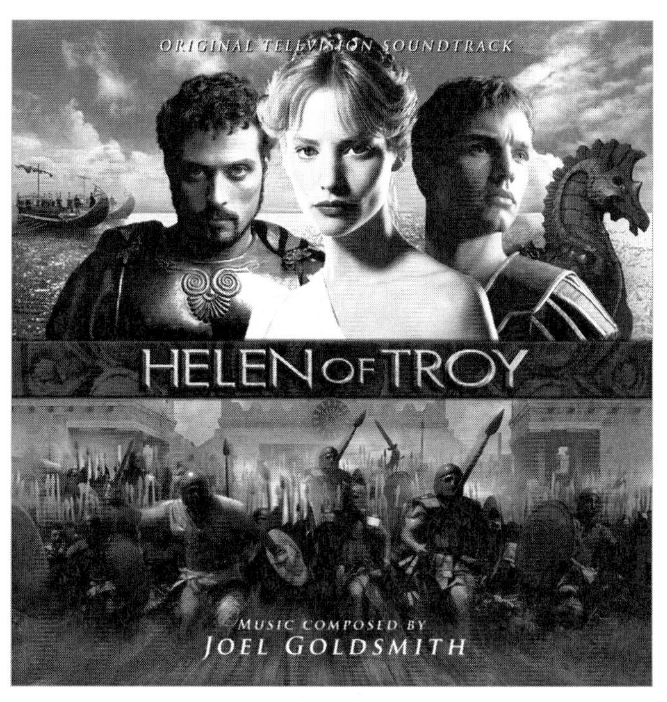

<헬렌 오브 트로이(Helen of Troy)>(존 켄트 해리슨 감독, 2003)

7.2. 〈트로이의 헬렌〉

호메로스의 『일리아드』를 원작으로 둔 또 다른 50년대 서사 영화. 비록 『일리아드』를 원작으로 두었지만 원작을 그다지 충실히 따른 영화는 아니다. 트로이의 왕자 파리스는 평화 협정을 위해 스파르타로 향하던 중 폭풍을 만나 스파르타의 해안에 쓸려온다. 그런 그를 스파르타의 공주 헬렌이 발견하여 둘은 사랑에 빠지고, 헬렌의 남편 메넬라오스와 아가멤논, 아킬레우스, 오디세우스는 이를 계기로 트로이를 침공하려 한다. 〈트로이의 헬렌〉은 파리스를 영웅이자 위대한 지도자로, 그리스 지도층을 권력욕에 찌든 속물로 묘사한 점에서 다른 영화에서는 볼 수 없는 시선을 제공한다.

〈트로이의 헬렌〉(로버트 와이즈 감독, 1956)

현대 광고와 그리스 신화

소설·신화·동화 등 문학작품이 광고에 등장하면서 색다른 재미를 주고 있다.

특히, 요즘 들어서 그리스신화를 재해석하거나 신화에 등장하는 신을 대상으로 하여 광고가 많이 만들어지고 있다.

이는 광고 콘셉트에도 맞기 때문에 광고 소재로 쓰기도 하지만, 널리 알려진 줄거리나 결말을 비틀어 소비자에게 강한 인상을 남기고 있기 때문이다.

광고 속의 제우스신과 메두사의 모습

쉬림푸스(Shrimpus)는 그리스와 로마신화의 12신이 살았다는 올림푸스산(Olympus)과 쉬림프(Shrimp)의 합성어이다.

12신들도 쉬림푸스와 같은 요리를 즐겨 먹지 않았을까 하는데서 광고 콘셉트는 시작(모델을 그리스의 신과 같이 표현하였고, 배경을 그리스의 신전으로 꾸밈)된다.

그리스 신화의 애꾸눈 거인인 퀴크롭스가 폭스바겐을 들어 올리는 장면

퀴크롭스(cyclops) 가이아와 우라노스 사이에서 태어난 퀴크롭스 3형제, 둥근 눈을 가진 자로써 애꾸눈이 아닌 이마 중간에 눈이 하나밖에 없는 거인을 뜻한다.

퀴크롭스는 그리스 신화에 등장하는 외눈박이 거인 족을 이른다.

퀴크롭스 중에서도 바다의 님프 갈라테이아를 사랑한 폴리페모스, 갈라테이아를 사랑하지만 그 마음을 전하지 못하고, 가까이 다가서지도 못한 채 바라보고만 있는 폴리페모스.

신화에 의하면, 갈라테이아는 미소년인 아키스에게 마음을 빼앗겨 폴리페모스는 거들떠보지도 않았다.

질투로 가득 찬 폴리페모스는 갈라테이아와 아키스가 다정히 앉아 있는 모습을 우연히 발견하고 분노에 차서 커다란 바위를 아키스에게 던져 그를 죽음에 이르게 하였다.

이에 갈라테이아는 간절한 기도로 바위 밑에서 흘러나오는 아키스의 피를 강이 되어 흐르게 하고, 그의 이름을 따서 아키스강이라고 불렀다.

질투의 폭발로 연적을 죽였지만 그로 말미암아 여인의 가중된 증오만을 더한 폴리페모스의 슬픈 사연이 있다.

말도 안 되는 트로이 목마의 병사들을 커버할 정도로 용량이 큰 USB를 표현

호메로스의 『일리아드』를 보면, 그리스가 트로이를 무너트릴 때 결정적인 역할을 한 트로이 목마가 등장한다. 그리스는 트로이를 둘러싸고 10여 년간 공성전을 벌였으나 성을 함락시키지 못하자 커다란 목마를 만들어 30여 명의 군인을 그 안에 매복시켰다. 그리스가 이 목마를 버리고 거짓으로 퇴각한 척하자 트로이 사람들은 목마를 승리의 상징으로 여기고 기뻐하며 성 안으로 들여놓았다. 그날 밤 목마 속의 군인들은 성문을 열어 그리스군대를 성 안으로 들여놓았고, 이로 인해 긴 전쟁은 그리스의 승리로 막을 내릴 수 있었다.

그리스 신화를 소재로 하여 현대 광고에도 많이 쓰이지만, 널리 알려진 브랜드나 최근에 생긴 브랜드에도 그리스 신화에 등장하는 신의 이름이 쓰이기도 한다.

바카스: 로마의 신화에 등장하는 술의 신

신화에서 '바카스'란 이름 외에도 바쿠스, 혹은 또 바커스라고도 불리운다.

제우스와 세멜레 사이에서 태어난 아들이다. '어머니가 둘이다'라는 속뜻을 담고 있는 단어로 그리스 신화에서는 '디

오니소스(Dionysos)'라고 부른다.

그리스 신화에 나오는 승리의 여신인 니케는 로마신화의 빅토리아에 해당하며, 영어로는 '나이키(Nike)'라고 읽는다. 티탄 신족의 하나인 팔라스와 저승에 흐르는 강의 여신 스튁스 사이에서 태어났다.

질투 또는 경쟁심을 뜻하는 젤로스와 힘을 뜻하는 크라토스, 폭력을 뜻하는 비아의 남매이다. 전쟁의 여신이기도 한 아테나와 관계가 깊고 모습도 비슷하지만, 단독으로 그려질 때는 날개가 달려 있고 종려나무(실제로는 대추야자) 잎을 손에 들고 있는 것이 특징이다. 파르테논신전에서는 아테나가 팔에 니케를 올려놓은 모습을 볼 수 있다. 기간테스와 올림포스 신들의 전쟁인 기간토마키아에서 제우스 편에 선 탓에 종종 제우스의 옆자리에 앉아 있는 모습으로 나오기도 한다.

<Mars and Vernus, known as Parnassus>(만테냐(Andrea Mantegna), 1497년 작, 루브르 박물관 소장)

비카날리아: 고대 로마에서 술의 신 바쿠스(그리스신화의 디오니소스)를 기리던 축제. 그리스에서 열리던 디오니소스 축제가 이탈리아 남부에 전파된 뒤 캄파니아를 거쳐 로마에도 성행하였다. 처음에는 여자들만 참석하여 비밀리에 열렸으나, 나중에는 남자들도 참석하였으며, 많을 때는 한 달에 다섯 차례나 열렸다고 한다. 종교적 제의를 빙자하여 방탕하고 난잡한 축제로 변질이 되자 B.C. 186년 원로원에서 위법으로 판정, 금지령을 내렸다. 특히 폼페이 유적에서 발견된 돌널(石棺)이나 벽화 등에서 당시의 흔적을 볼 수 있다.

오리온: 그리스 신화에 나오는 거인 미남 사냥꾼

그리스 신화의 거대한 체구를 한 거인 미남 사냥꾼이며, 바다의 신 포세이돈의 아들이다.

키오스의 왕녀 메로페(Merope)에게 난폭한 짓을 하여 왕녀의 아버지 오이노피온(Oinopion)에 의해서 장님이 되었다. 헤리오스에게 눈을 치료하기 위하여 헤파이스토스의 아우의 한 사람 케달리온(Kedalion)을 어깨 위에 앉히고 길을 안내시켜 해 뜨는 방향으로 바다를 건너가다 새벽의 여신 에오스에게 사랑을 받고 다른 신들의 질투를 받아 아르테미스가 보낸 전갈에 물려죽는다.

헤르메스: 그리스 신화에 나오는 올림포스 12신 중 전령의 신

그리스 신화의 제우스와 아틀라스의 딸인 마미아 사이에 태어난 아들이다. 로마신화에서는 메르쿠리우스(Mercurius, 영어에서는 Mercury)라 한다.

여러 신의 사자, 부와 행운의 신, 가도(街道), 항해, 상업, 웅변, 도적 등의 수호자, 또는 죽은 자의 영혼을 저승으로 이끌어 주는 신(Hermes Psychopompos)이기도 하다.

대개는 짧은 외투(크라미스), 유익(有翼)의 샌들, 채양이 넓은 모자(페타소스: Petasos)를 걸치고 전령장(傳令杖, 케리

케이온)을 손에 든 청년(옛날에는 수염이 있었음)의 모습으로 나타내진다.

올림피아 출토의 프락시텔레스 작『유아 디오니소스를 껴안은 헤르메스』(B.C. 4세기, 올림피아미술관)가 유명하며, 콜레지오『비너스와 머큐리와 큐피드』(런던, 내셔널 갤러리)를 비롯해서 많은 작품에 등장한다.

히페리온: 그리스신화에 나온 태양신

그리스어로 '높은 곳을 달리는 자' 또는 '높은 곳에 있는 자'라는 뜻이다.

하늘의 신 우라노스와 땅의 여신 가이아 사이에서 태어난 12명의 티탄 가운데 하나이며, 남매인 테이아 사이에서 태양신 헬리오스와 새벽의 여신 에오스, 달의 여신 셀레네를 낳았다. 이름에서 알 수 있듯이 태양을 의인화한 존재로서 '태양'을 뜻하는 헬리오스에게 태양신의 자리를 물려주었다.

천문학에서 히페리온은 토성 주위를 맴도는 위성의 이름으로 사용된다. 토성의 영어 이름인 새턴(Saturn)은 크로노스와 동일시되는 로마신화의 사투르누스(Saturnus)에서 유래한 것인데, 크로노스는 티탄 형제의 막내로서 제우스에게 쫓겨나기 전까지 형들을 거느리고 천신(天神)의 지위를 누리고 있었다.

시와 유토피아

문학과 정치를 논하는 자리에서 작품 전체가 정치적 이상향을 표현하는 작품들보다 더 정치적인 작품이 있을까?

상상력 속에 작가의 꿈을 담아 현실성 있게 그려낸 작품들 속에 숨 쉬는 유토피아와 유토피아 사상을 통해서 문학과 정치가 얼마나 불가분의 관계임을 알 수 있다. 특히, 유토피아 관련한 시작품들을 정리하여 문학 속의 이상향의 현실을 알아보고, 유토피아를 영화로 표현한 작품들도 살펴본다.

선전열차를 타고 문화운동을 펼쳤던 마야코프스키

러시아 미래주의 시인 블라디미르 마야코프스키(Vladimir Vladimirovich Mayakovskii, 1893. 7.19~1930.4.14)는 그루지야 출생이다. 임무관(林務官)의 아들로 중학 시절 모스크바로 가서, 볼셰비키의 비합법활동에 참가하여 3회나 체포당한 뒤, 화가가 되려고 미술학교에 입학하였다. 이곳에서 미래주의의 화가이자 시인인 브르뤼크와 알게 되어 시작(詩作)으로 전환하였다. 혁명 전의 작품으로는 장시 「지를 입은 구름」(1915), 『배반의 플류트』(1916), 『전쟁과 세계』(1917), 『인간』(1918) 등이 있다. 그는 또 프레브니코프나 카멘스키 등과 더불어 러시아 미래파(未來派) 예술운동의 중요한 추진자이기도 하다. 러시아 혁명 후에도 계속 시와 시극, 그리고 희곡 등을 발표하였으며, 소련은 물론 유럽 각지와 멕시코·미국 등지로도 여행하였다. 만년에는 문학계 재편성 물결에 밀려 고립되었고, 불행한 연애로 고민한 끝에 자살하였다. 그의 작품에는 러시아 미래파의 전통 거부와 기술 중시의 영향이 두드러지고, 동시에 독특한 시형과 격렬한 비유, 그리고 풍자와 내성(內省)이 나타나 있으며, 서정과 서사의 기적적인 결합이 엿보인다. 그는 그 후의 소련의 시인뿐 아니라 금세기 세계 각국의 시인에게도 영향을 끼쳤으며, 현대시에 신선한 영역을 개척해 놓은 시인이다. 시작품 이외에도 시극 〈미스테리아 브프〉(1918), 희곡 〈빈대〉(1929), 〈목욕〉(1930) 등이 있다.

1. 러시아 미래주의 시인 블라디미르 마야코프스키

마야코프스키의 초기 작품들 중에서 그의 시세계를 대표하는 시 「인간」(1917)의 일부이다.

모든 것은 죽어 없어지리라.
모든 것이 무로 돌아가리라.
생명을
주관하는 자는
암흑의 혹성 저 너머로
마지막 태양의
마지막 빛까지도 불사르리라.
오직
나의 고통만이
더욱 가혹하다-
나는 서 있다,
불 속에 휘감긴 채로,
상상도 못 할 사랑의
끌 수 없는 커다란 불길 위에.

마야코프스키의 시는 점점 무르익어 갔지만, 소비에트 공산주의 정부와는 조금씩 멀어져 가고 있었다. 그가 보기에 신경제정책과 함께 등장한 소부르주아 세력과 관료주의는 혁명의 순수성이 변질된 것이었다. 그의 의식은 엄밀히 개인주의에 바탕을 두고 있어서 통제된 사회와는 맞지 않았다. 그가 누구보다도 자아를 중시하는 사람이었음은 첫 시집 제목이 『나』였다는 것만으로도 증명된다. 그의 문학 속에도 암암리에 관료화된 정부를 비판하는 태도가 엿보였으며, 개인주의적인 성향 또한 스며있었다. 그렇다고 그가 새로운 정부의 적이 될 수는 없었다.

마야코프스키에 대한 비판의 목소리는 높아지고 정부도 그에 대해 우호적이지 않았다. 결국 정부의 억압적인 정치 경향을 꼬집은 연극 〈목욕탕〉이 참담하게 실패하면서 마야코프스키의 절망감은 극에 달하게 된다. 1930년 2월 1일, 마야코프스키는 프롤레타리아 작가동맹 건물에서 '작품 20년' 전시회를 열었는데, 여기에서도 정부 편 작가들은 몰려드는 학생들을 돌려보냈다. 러시아프롤레타리아작가동맹(RAPP)에 가입하여 신뢰 회복을 꿈꾸어보았지만 괴리감만 더 커졌다. 마야코프스키의 고독은 깊어만 갔다. 사랑도 사라지고 자신의 시도 설 자리가 없어졌다. 그는 절망 속에서 「목청을 다하여」라는 시를 썼다.

선전과 선동이, 내 마음에도 역시 걸렸다,
차라리 난 당신들을 위해서 로맨스를 쓰고 싶었다

좀 더 이롭고 좀 더 매력 있는.
그러나 나는 나를 억누르고
내 노래의 목청을 짓밟았다.

나의 시는 그대들에게 가리라,
모든 시대의 절정을 뛰어넘어.
그리고 시인과 정부를 앞질러…

—신동란 옮김, 「목청을 다하여」에서

마야코프스키에게 일상성은 낡고 진부한 모든 것을 의미한다. 그가 종교를 모독할 때 모독의 대상은 종교의 일상성이며 사랑을 모독할 때 모독의 대상은 사랑의 일상성이다. 그가 전 세대의 문학을 쓸어버리자고 할 때 그것은 전 세대 문학의 일상성이다. 일상성은 불변하는 세계의 질서이며 한정된 공간이며 정체된 현재이다. 그는 예술의 의미 전체를 이러한 일상성의 감옥을 파괴하는 데 두었고 시인은 그 파괴의 수행자로 간주했다. 사실 그의 모든 시에 등장하는 다양한 자아의 모습은 일상성 파괴자라고 하는 단일한 이미지에 수렴된다.

그는 일상의 바리새인들에게 희생당하는 그리스도이며, 비곗덩어리의 일상적 인간에게 둘러싸인 한 마리의 고독한 곰이다. 그는 "털어도 털어도 자꾸만 되앉는 먼지처럼 붉은 깃발의 시대인 오늘날에도 남아 있는 일상적인 모든 것"을 증오하지만 결국 일상성과의 투쟁에서 패배하며, 그러한 자신의 모습을 "끄렘린에 남겨진 파편"으로 묘사한다. 그가 마

모스크바의 마야코프스키 도서관 입구

지막 시에서 말했듯이 "사랑의 조각배는 일상에 부딪혀 박살이 나고". 시 속에서도 삶속에서도 일상성을 무너뜨리는 데 실패한 그는 죽음을 선택하게 된다. 그의 자살은 허구와 실제에서 동시에 일어난 두 개의 죽음을 모두 포함하고 있다.

일상성과의 투쟁과 더불어 그리고 그것과의 연장선상에서 마야코프스키의 시를 점철하고 있는 것은 유토피아적인 미래의 비전이다. 이는 20세기 초에 예술과 철학과 과학에서 일고 있던 문화적 위기감에 대한 극복으로서의 새로운 신화 창조와 맥을 같이한다고 볼 수 있다. 마야코프스키에게 일상성의 최종적인 끔찍함은 그것이 마침내 죽음으로 귀결된다는 사실에 있다. 그것은 무의미한 낮과 밤의 반복을 통해 인간을 무의미한 죽음으로 인도한다.

시인은 이러한 무의미한 죽음을 초월하고 시간과 공간의 한계를 극복함으로써 미래의 새로운 신화를 창조한다.

시 「150 000 000」, 「인간」, 「이것에 관하여」, 「좋아!」에서 펼쳐지는 미래는 "승리자의 미래"이며 "30세기"이며, "천 년 후"이다. 그것은 사회주의 유토피아의 미래이지만 더 궁극적으로 시간이 없어지는 때, 즉 종말론적 신화의 미래이다.

미래의 신화는 마야코프스키에게서 영생불멸의 모티프로 발전한다. 시간이 사라지고 공간도 정복되었을 때 펼쳐질 천국에서 사회주의는 "늙지 않고 천년만년 살 것이다". 시인은 자기가 쓴 시 덕분에, 그리고 현세에서 못다 한 사랑을 다하기 위해서 부활할 것이다. 그는 30세기의 연금술사에게 말한다. "나를 되살려 달라. 내가 시인이라는 이유만으로 라도"라고. 마야코프스키의 시에 나타난 부활과 영생의 미래와 유토피아는 현세적인 미래와 유토피아이다.

사람들의 영혼이 아니라 육신이 생생하게 살아 있는 미래. 추상이 아닌 구체로서의 천국이다. 마야코프스키는 영혼만이 살아 있는 "지겨운 천국"은 거부한다. 왜냐하면 "시인의 일이란 심장을 노래하는 일인데 육신이 없으면 심장도 없기 때문"이다. 그가 내다보는 미래의 유토피아는 일상성이 완전히 패배하고 시인은 사랑하는 이와 다시 현세적인 사랑을 나눌 수 있는 그런 유토피아이다.

청년시절의 미래주의자 마야코프스키는 혁명을 예시(豫示)하는 것으로 그의 슬픔을 달랬다. 공상의 서사시적 비약인 「150 000 000」에서는 그 팔이 네바강처럼 길고 발꿈치는 대초원을 방불케하는 이반이라는 이름의 거인 농부가 대서양을 밟고 넘어 에펠탑같이 높은 뾰족 모자를 쓴 우드로우 윌슨(미국의 제28대 대통령)과 단판 대결을 벌인다. 활기찬 기분으로 쓰여져 거친 장난기가 넘친다. 그러나 미래에의 예언도 섞여 있어 그것은 러시아가 미 합중국을 낭패케 함을 말하고 있음은 물론이다.

또한 시극 〈미스테리아 브프〉에서 마야코프스키는 그의 유토피아가 적어도 권태스런 꿈이 아님을 우리에게 납득시킨다. 확실히 그는 예언자라 불리울 자격이 있는 것이다.

마야코프스키는 정통 종교를 완전히 거부하면서까지 세계 인류의 미래에 한없는 신뢰를 건다. 그리고 근대 러시아인의 한 사람으로서 인간의 지배가 지상을 넘어 퍼지게 될 것을 생각하며 시 「우리의 행진」에서 유토피아를 말한다.

광장을 폭동의 발소리로 뒤흔들라!
줄지은 오만한 머리를 더 곧추세우라!
우리는 두 번째 대홍수로
세상의 도시를 씻어내리.

세월의 황소는 얼룩빼기.
시간의 짐마차는 느림보.
질주는 우리의 신.
심장은 우리의 북.

우리의 황금보다 더 매혹적인 것이 있을까?
총알이 벌처럼 우리를 쏠 수 있을까?
우리의 무기는 우리의 노래.
우리의 황금은 울림의 목소리.

초원이여, 푸름으로 펼쳐지라,
다가올 우리의 시대를 준비하라.
무지개여, 미친 듯이 질주하는
세월의 말에게 고삐를 채우라.

보시오, 별빛 찬란한 권태로운 하늘을!
하늘 없이 우리의 노래를 엮으리.
어이, 큰곰별자리여! 요구하라,
우리가 살아서 하늘까지 갈 수 있도록.

즐거움을 마시라! 노래를 부르라!
혈관 속에 봄은 넘쳐흐른다.
심장이여, 전투의 북을 울리라!
우리의 가슴은 청동의 팀파니.

—「우리의 행진」(1917)

마야코프스키의 이런 예언적인 내용의 유토피아 시는 생명이 길지 못했다. 1917년에 시작해서 1922년에 끝나 버렸다. 이는 시인 자신의 환멸이 그렇게 만들었고, 또 하나는 국가의 정책이 직접적인 이익이 있는 일에 대해서만 쓰도록 시인들을 유도했기 때문이다. 그러나 이 5년 동안에 유토피아 시는 유럽 문학에 거의 전례 없는 기여를 했다. 격정에 넘쳐 있는 것은 오랫동안 침묵을 강요당했던 갖가지 힘이 해방된 결과이며, 그 때문에 이토록 자극적인 형식을 취하고 있다.

마야코프스키가 노동자들에게 파업에 참여하라고 독려하기 위해 만든 포스터

2. 영화 속 시와 유토피아

2.1. 영화 <이퀼리브리엄(Equilibrium)>(커트 위머 감독, 2002)

21세기 첫 해, 제3차 세계대전을 겪은 끝에 살아남은 사람들은 '리브리아(Libria)'라는 통일정부를 세우고 그 통제 아래 살아간다. '이퀼리브리엄'이라는 통제소를 구축하고, '프로지움'이라는 감정 억제제를 개발하여 사람들에게 주기적으로 주입시켜 무감정의 인간으로 만든다. 사람들은 어떤 감정도 느끼지 못하는 상태를 '평화'라고 인식한다.

덕분에 사회는 물질적으로 풍요롭고 평화로운 세상을 이룩하게 된다. 감정을 잃는 것을 거부한 사람들은 음악, 미술품, 애완동물 등 감정을 일으키는 물건들을 소장하며 정부에 맞서게 된다. 정부는 '감응자'라 불리는 치안부대를 조직하였고, 여기에는 성직자(Cleric)[1]라는 특수요원이 있다. 성직자의 임무는 감정을 일으키는 물건을 소장하는 이들을 찾아 즉결 처분하는 것이다.

---

1) 종교적 명칭. 종교의 이름 아래 자행되는 리브리아의 야만성과 폭력성을 반영.

그 성직자 중에서도 일류에 속하는 주인공 존 프레스턴(크리스찬 베일)은 자신의 오랜 파트너 파트리지(숀 빈)가 프로지움 주입을 중단하고 감정을 가지게 되었음을 알자 직접 제거한다.

얼마 뒤 존 프레스턴은 배급받은 마지막 프로지움을 실수로 깨트리게 되고, 때마침 제조공장에 생긴 문제로 부득이하게 프로지움을 주입하지 못한다.

그리고 이날 반군 테러리스트 진압 과정에서 생포한 여인 메리 오브라이언(에밀리 왓슨)에게 연민의 감정을 품게 된다.

결국 존 프레스턴 역시 자의로 프로지움의 주입을 끊게 된다. 탄압하던 자에서 탄압을 받는 자가 된 존 프레스턴은 반군들과 손잡고 체제 전복을 꾀한다. 결국 이름뿐인 지도자의 허울을 벗기고 '리브리아'를 다시 바로잡는다.

2.2. 영화 속 복선: 전체주의의 위험

스탈린, 후세인, 히틀러 등 전체주의적 사고를 가진 독재자들의 모습이 영화 〈이퀼리브리엄〉에서 '리브리아'라는 통일 정부의 지도자 모습에 겹쳐진다. 그리고 전체가 있으므로 개인이 존재한다는 논리인 전체주의 역시 이 영화 전반에 퍼져 있다. 소수의 희생이 당연시되고, 다수의 평화를 위해 폭력도 정당화될 수 있다고 믿는다.

2.3. 예이츠의 시

영화 〈이퀼리브리엄〉에서 파트리지가 죽기를 각오하고 낭송하던 예이츠 시의 일부이다.

> 나는 가난하여 가진 것이 꿈뿐이라
> 그대 발 밑에 내 꿈을 깔았습니다.
> 사뿐히 밟으소서.
> 그대 밟는 것 내 꿈이오니.
>
> —「하늘의 천」[2)]

영화 속에 낭송되던 부분들을 포함한 시의 일부를 피천득과 장영희 번역으로 다시 옮겨본다.

---

2) 『갈대밭의 바람(*The Wind Among the Reeds*)』(1899)

금빛 은빛 섞어 짠
하늘의 고운 자락 내 가졌다면
밤과 낮과 황혼의
푸르고 어슴푸레하고 때로 어두운
그 채단, 가시는 길 위에 깔으리다.
그러나 내 가난하여 가진 것은 꿈뿐,
나의 꿈, 임의 발아래 깔았습니다.
사뿐히 밟고 가시옵소서
내 꿈 위를 걸으시오니

—피천득 옮김, 「하늘의 고운 자락」

내게 금빛 은빛으로 수놓인
하늘의 천이 있다면,
밤과 낮과 어스름으로 물들인
파랗고 희뿌옇고 검은 천이 있다면,
그 천을 그대 발밑에 깔아드리련만.
허나 나는 가난하여 가진 것이 꿈뿐이라
내 꿈을 그대 발밑에 깔았습니다.
사뿐히 밟으소서, 그대 밟는 것 내 꿈이오니.

—장영희 옮김, 「그는 하늘의 천을 소망한다」

위의 시는 보통 신에게 믿음을 다하겠다는 의미로 해석되기도 하며, 사랑했던 여인 모드 곤(Maud Gonne)에 대한 예이츠의 사랑을 절절하게 표현하고 있는 시이기도 하다. 영화 〈이퀼리브리엄〉에서는 일종의 체제에 대한 '저항시'로 잘 활용되고 있다.

2.4. 예이츠의 「하늘의 천」과 김소월의 「진달래꽃」

예이츠의 「하늘의 천」과 김소월의 「진달래꽃」은 아일랜드 시인이 썼다는 점과 일제강점기에 한국인 시인이 썼다는 점에서 엄연히 구분되는 것이다. 비록 다른 나라에서 다른 언어로 창작되었음에도 불구하고, 몇 가지 유사성과 비교 연구할 흥미로운 부분들이 두드러지는 점은 부인할 수 없는 사실이다.

먼저 유사성을 살펴보면, 진달래꽃을 밟고 꿈을 밟는 것, 사뿐히 밟으라는 것이 일치하고, 두 시 모두 상대에게 사랑을 호소한다는 사실이 일치하고 있다.

게다가 1899년에 예이츠의 시가 먼저 발표되었다는 점에서 비교문학적 영향관계의 가능성을 시사하고 있기도 하다.

예이츠의 「하늘의 천」이나, 김소월의 「진달래꽃」 두 시 모두 저항시이다. 「하늘의 천」이 영국의 탄압 하에 있는 조국 아일랜드의 독립(해방)을 위한 화자의 헌신을 보여 주고 있다면, 「진달래꽃」은 일제강점기 식민 상황에서 우리 민족이 동경하고 찾아 헤매던 상실된 주권을 노래한다.

예이츠는 필생의 여인 모드 곤을 사랑했다. 처음 만나는 순간부터 "내 인생의 고뇌는 시작됐다"고 고백했을 만큼 깊이 사랑했다. 모드 곤은 아름다웠고 신념에 찬 독립 운동가였다. 그녀를 향한 예이츠의 사랑은 숭배에 가까웠지만 그녀는 예이츠의 청혼을 뿌리치고 다른 남자와 결혼했다.

그 남자가 1916년 부활절 봉기 때 처형당하자 예이츠는 그녀에게 또 청혼했으나 거절당했다. 고뇌에 빠진 예이츠는 무녀와 결혼했다.

훗날 예이츠는 "그녀가 자신의 사랑을 받아들였다면 자신은 평범한 시인에 머물렀을 것"이라며 상실감을 회고했다. 그의 시는 결국 결핍의 산물이었다. 1923년 노벨문학상을 수상했다.

2.5. 영화 속 메시지: 인간다움

영화 속 대화들 중에서 "사는 이유가 뭐죠?"라고 물었을 때, 전체주의적 색채의 다음의 대화 "이 사회의 안녕과 질서를 위해서지." 그리고 "위대한 리브리아를 위해."라는 대답이 나온다. 반면에 이 둘의 답변들과는 정반대의 대답이 영화 속에 나온다. "느끼기 위해서."라고.

영화 〈이퀼리브리엄〉에서는 인간다움이 희로애락을 느끼고 그것을 즐길 수 있는 상태를 가리킨다. 감정을 억제시키고 "사회의 안녕과 질서"에 순종하게 하는 프로지움을 거부하는 부류들은 감정을 자연스러운 상태로 방임하고 "느끼기 위해서" 산다고 선언한다. 아니 절규한다. 그들은 죽음이라는 사형 선고에도 굴하지 않고, "감정"을 폭발적으로 열망한다. 영화제목 이퀼리브리엄(Equilibrium)은 '균형', '평정상태'를 의미하고, 전체주의 국가 '리브리아'에서의 균형은 감정통제를 통해 얻는 무감정 상태에 치우쳐 있다. 이 영화에서 '리브리아' 체제가 주인공 존 프레스턴에 의해 전복되고 새로운 세계가 펼쳐진다. '리브리아' 체제 전복 이후, 건설될 세계는 인간다움에 근거를 둔 자유롭고 조화로운 세계이다.

3. 영화 〈매트릭스〉 속 유토피아

3.1. 유토피아 / 디스토피아

유토피아(utopia)란 무엇인가? 공상적으로 구상된 이상향을 말한다. 이 말은 그리스어의 'u(없다)'와 'topos(장소)'를 합성한 것인데, 16세기에 토머스 모어(T. More, 1516)가 그의 저서에서 공상적인 이상 사회가 있다고 믿는 섬에 붙인 이름에서 유래한 것이다. 이상향은 인간이 생각할 수 있는 최선의 상태를 갖춘 완전한 사회를 의미한다. 어느 곳에도 없는 장소라는 뜻으로, 낙원, 이상국 등이 비슷한 말이다.

역유토피아(逆Utopia)는 디스토피아(Distopia)이다. 이는 현대 사회의 부정적인 측면이 극단화한 암울한 미래상을 가리킨다.

〈매트릭스〉는 기계에 의해 조작된 과거의 기억을 갖고 통제된 허위의 공간에서 살게 된다. 영화 〈매트릭스〉에서는 허위의 유토피아, 즉 디스토피아가 현실이다.

네오와 다른 소수의 반항자들은 환상적인 허위의 유토피아에 사느니 진실을 택한다.

영화 <매트릭스>(워쇼스키 형제 감독, 1999)

〈매트릭스〉는 미래세계를 배경으로 인공지능 컴퓨터와 대항하는 인간들 사이의 대결을 그린 공상과학영화다.
2199년은 인공두뇌를 가진 컴퓨터(AI: Artificial Intelligence)가 지배하는 세계. 인간들은 태어나자마자 컴퓨터가 만들어낸 인공자궁 안에 갇혀 AI의 생명 연장을 위한 에너지로 사용되고, AI에 의해 뇌세포에 매트릭스라는 프로그램을 입력 당한다.
인간들은 매트릭스의 프로그램에 따라 평생 1999년의 가상현실을 살아간다. 프로그램 안에 있는 동안 인간의 뇌는 AI의 철저한 통제를 받는다. 인간이 보고 느끼는 것들은 항상 그들의 검색 엔진에 노출되어 있고, 인간의 기억 또한 그들에 의해 입력되고 삭제된다. 가상현실 속에서 진정한 현실을 인식할 수 있는 인간은 없다.

꿈에서 깨어난 자들, 그들이 세상을 지배한다.
매트릭스 밖….

가상현실의 꿈에서 깨어난 유일한 인간들이 생존해 있는 곳엔 AI에게 인류 역사상 가장 위험한 인간으로 알려진 모피어스와 그와 더불어 AI에 맞서 싸우는 동료들이 있다. 그들은 광케이블을 통해 매트릭스에 침투하고 매트릭스 프로그램을 응용해 자신들의 뇌 세포에 각종 데이터를 입력한다. 그들의 당면 목표는 인류를 구원할 영웅을 찾아내는 것이다. 그들은 AI통제 요원들의 삼엄한 검색 망을 뚫고 매트릭스 안에 들어가 드디어 오랜 동안 찾아 헤매던 '그'를 발견한다.

'그'는 유능한 컴퓨터 프로그래머, 토머스 앤더슨이다.
낮에는 평범한 회사원으로 살아가지만, 밤마다 '네오'라는 이름으로 컴퓨터 해킹에 나서는 '그'는 모피어스로부터 조심스레 매트릭스에 대한 단서를 얻는다. 알 수 없는 두려움 속에서 실체를 추적해 나가는 네오. 어느 날, 매혹적인 여인 트리니티의 안내로 또 다른 숨겨진 세계, 즉 매트릭스 밖의 우주를 만나게 된 네오는 꿈에서 깨어나 AI에게 양육되고 있는 인간의 비참한 현실을 확인하고 매트릭스를 탈출한다. 한편, 모피어스의 동료 중 사이퍼는 끊임없는 기계들의 위험과 공격으로 인한 두려움을 견디지 못하고, 다시 매트릭스 안의 가상현실로 들어가기 위해 동료들을 배신하다. 네오와 모피어스 일행이 매트릭스 안에 잠입한 사이, 사이퍼는 광케이블을 교란시켜 그들이 매트릭스에서 빠져나올 출구를 봉쇄해 버리고 만다. 사이퍼의 배반으로 네오와 모피어스 일행은 에이전트들의 공격을 받고 모피어스가 체포된다. 에이전트들의 고문 때문에 모피어스의 목숨이 위험에 처하자 네오는 자신과 모피어스의 생명 중 하나를 선택하게 되리라는 오라클의 예언을 기억해 내고 트리니티와 함께 매트릭스의 프로그램으로 되돌아와 모피어스를 구하지만 자신은 탈출에 실패하고 끝내 총에 맞아 죽는다. 구세주라고 믿었던 네오의 죽음으로 모든 희망이 끝난 듯했다. 그러나 트리니티가 죽은 네오에게 사랑을 고백하는 순간 기적이 일어나 네오가 살아난다. 다시 살아난 네오의 눈에는 이제 모든 것이 분명하게 보였다. 매트릭스가 만든 가상세계는 네오에게 더 이상 현실이 아니었다. 방대한 코드의 흐름에 지나지 않았다. 진실을 알게 된 네오에게 두려움은 없었다. 에이전트들마저도 결국 프로그램의 일부에 지나지 않았다. 매트릭스의 모든 비밀을 알아차린 네오는 매트릭스의 공포에서 벗어나게 되었다.

3.2. 현실 / 가상현실

〈트루먼쇼(Truman Show)〉, 〈다크시티(Dark City)〉, 〈매트릭스(Matrix)〉 등 일련의 영화는 우리가 살고 있는 현실이 가상이라는 설정을 기초로 하여 전개된다. 〈트루먼쇼〉에서 '트루먼'은 자신이 태어나서 살고 있는 현실이 TV쇼를 위한 세트이며 가족과 친구, 이웃들이 모두 배우라는 것을 깨닫게 된다. 결국 그는 그 가상의 세계를 탈출해서 진정한 현실 세계로 나아간다.

〈매트릭스(Matrix)〉에서도 현실은 더 이상 진실 혹은 진정성과 대응되지 않는다. 현실은 오히려 매트릭스라는 거대한 가상현실이 되고 그 현실을 탈출한 사람들은 광케이블을 통해 현실, 즉 가상현실과 접촉한다. 이때 가상현실의 체험들은 뇌세포에 직접 전달된다. 가상현실 속에서의 고통이 실제 현실과 다름없이 체험되고 가상현실 속에서의 죽음은 실질적인 죽음으로 연결된다.

3.3. 시뮬라크르(Simulacre) / 시뮬라시옹(Simulation)

〈매트릭스〉에 대한 얘기에서 가장 많이 언급되는 것은 디지털 시대의 무한히 가능한 복제의 개념이다. 보드리야르의 시뮬라크르와 시뮬라시옹은 영화 속에서도 잠깐 그 책이 나올 만큼 가장 직접적인 관계에 있다. 그에 따르면, 실재가 실재하는 것이 아닌 파생실재로 전환되는 작업이 시뮬라시옹이고, 모든 실재의 인위적 대체물이 '시뮬라크르(Simulacre)'이며, 현대인은 가상실재인 시뮬라크르의 미혹 속에서 살아가고 있다. 이처럼 가상실재가 실재를 지배하고 대체하여 재현과 실재의 관계가 역전됨으로써 더 이상 모사할 실재가 없어진 시뮬라크르들은 실재보다 더 실재 같은 하이퍼리얼리티(극실재)를 생산해낸다는 이론을 이어나갔다. 가상실재인 매트릭스가 실재 세계와 인간들의 삶을 대체한 극실재라고 할 수 있다.

3.4. 플라톤의 동굴의 우화

매트릭스 안에서 살고 있는 일반적인 사람들은 플라톤의 동굴의 우화에서 동굴 안쪽만을 보도록 결박된 죄수와도 같다. 자신들의 눈과 귀로 확인하고 있는(영화에서는 눈이 아닌 제공된 전기신호에 불과하지만) 것들이 사실 상당 부분 왜곡된 이미지와 소리라는 것을 모르던 죄수가 결박이 풀려 동굴 밖 모닥불(혹은 태양)의 존재를 접했을 때 고통스러워하는 장면은, 네오가 매트릭스의 개념을 처음 알게 되었을 때의 혼란스런 모습과 유사하다.

> "그들 가운데 한 사람이 풀려났다고 하자. 그리고 갑자기 일어나서 고개를 돌려 걸어나와 불빛 쪽을 쳐다보도록 강요되었다고 하자. 이러한 움직임 하나하나가 그에게는 괴롭기 짝이 없는 일일 것이다. 그림자만 보는 데 익숙해져 있던 그는 아무리 실물을 보려고 해도 너무 눈이 부셔 제대로 볼 수가 없을 것이다. 그때 만약 누군가가 그에게 '이전에 네가 보았던 것은 의미 없는 환영에 불과하다. 하지만 지금 너는 실재에 접근하고 실물을 향하고 있으므로 사물에 대한 더욱 참된 시각을 얻을 수 있을 것이다'라고 말한다면 그가 무슨 말을 할 것 같은가? 그는 무척 혼란스러워 하는 동시에 이전에 보았던 것이 오히려 지금 그의 눈에 비치는 것보다 더 진실하다고 믿지 않겠는가?"
>
> —플라톤의 『국가론』 중에서

3.5. 무한히 복제 가능한 디지털시대

매트릭스에서 요원들은 언제 어디에서든지 복제되어 나타난다. 이러한 요원들의 존재양식은 현대사회에서 디지털로 이루어진 정보들이 매우 쉽게 복제되어 세계 어디에서든 나타날 수 있다는 것을 의미한다. 이와 관련하여 발터 벤야민의 「기술복제시대의 예술 작품」에서 언급되는 '아우라의 소멸' 개념이 자주 등장하게 된다. 기술복제시대의 예술작품들은 더 이상 원본으로서의 '아우라'를 갖지 못하고, 복제품과 원본의 차이가 소멸하는 시대가 도래한다는 그의 생각은, 진짜와 가짜의 차이에 대한 논의 자체에 회의적으로 다가간다.

3.6. 인식의 통제와 '나' 혹은 '정신'의 존재

매트릭스 안의 사람들은 기계에 의해, 보고 듣고 말하는 모든 것들이, 자신들 모르게 통제되고 있다. 사람들은 이것이 미디어나 사회구조에 의해 사회적 인식이 통제되고 있는 현대사회와 우리를 의미하기도 한다고 말한다.

이러한 인식의 통제와 관련하여 마셜 맥루한의 '미디어가 곧 메시지다'라는 개념과 데카르트의 '악마에 의한 속임' 등이 언급된다.

맥루한의 『미디어는 메시지다』에서, 미디어를 '메시지'라고 규정한 것은 미디어가 그 자체로 메시지 기능이 있음을 주장하는 데서 더 나아가 TV나 컴퓨터 같은 뉴미디어가 인간의 감각 중 촉각을 특히 자극할 것이라는 생각에서였다. 그에게 있어서 미디어는 일반적인 매스 미디어 뿐만 아니라, 옷, 전광판, 만화, 사진 등 매우 광범위한 사물들 혹은 기술들을 의미했다.

그리고 인간과 인간 사이를 연결하는 커뮤니케이션으로서의 미디어를 연구하기보다는, 인간과 미디어 자체 사이의 관계에 관심이 많았다. 그는 미디어, 즉 기술이 우리 인간의 감각들 중 점점 더 많은 영역을 차지해 나갈 것이라 보았다. 매트릭스는 어쩌면 그러한 생각이 극단적으로 실현된 모습이라고 할 수 있겠다.

한편, 데카르트는 조금이라도 의심스러운 것은 모두 거짓으로 보고 전혀 의심할 수 없는, 절대적으로 확실한 것이 남는지 여부를 살피는 태도, 즉 방법적 회의를 통해 결국 "코기토, 에르고 숨(Cōgitō, ergō sum: 나는 생각한다. 고로 나는 존재한다)"의 진리를 얻는 과정에서 지금 현재 자신이 지극히 당연하다고 여기는 사실이나 눈앞에 보이는 것들조차 '악마의 속임'에 의한 것일 수 있다는 의심까지도 갖게 된다.

매트릭스는 우리를 에워싸고 있을 그 악마에 의한 속임 전체라고 볼 수 있을 것이다.

3.7. 미하일 바흐친의 이론으로 분석한 매트릭스

소설 속에는 다양한 언어가 서로 공존하며, 개별적이고 성격이 다른 이 언어들은 텍스트 안에서 서로 유기적으로 결합되고 조화하며 다양한 담론을 형성한다.

〈매트릭스〉에는 철학, 종교, 문학 등 다양한 주제와 논의거리들이 작품의 감상을 방해하거나, 서로의 의미를 훼손시키지 않고 공존하며 다양한 담론을 형성한다.

3.8. 탈중심화

바흐친은 『소설 속의 담론』을 통해 단일적인 것(하나의 중심)보다는 다양성을 주장하였다. 단일적인 것으로 규제하고 통제하기보다는, 다양한 것들이 부딪히고 투쟁하는 과정 속에서 교향되는, 다른 언어를 통해 굴절된 의도를 표현한다는 의미를 도출하고, 주변이 중심을 탈중심화함으로써 중심과 주변의 관계가 아닌 주변과 주변의 관계를 도모한다.

〈매트릭스〉에서는 기계라는 하나의 중심적인 권력에 의해 단일화 현상이 나타난다. 이에 맞서 네오를 중심으로 한 인간의 탈중심에의 노력, 주변과 주변의 관계를 도모하는 모습을 발견할 수 있다.

3.9. 카니발 이론과 전복적 사유

바흐친은 문화를 크게 고급 문화와 하급 문하의 두 층위로 구분하였다.

봉건제도하의 계급 사회에서 삶의 축제적 의식은 카니발 상태에서만 왜곡 없이 표현될 수 있었다.

"카니발은 사람들이 관람하는 구경거리가 아니다. 모든 사람들은 그 속에서 함께 살며 그것에 참여한다. 왜냐하면 카니발의 정신은 바로 모든 사람들에게 해당되기 때문이다. 카니발이 진행되는 동안에 다른 모든 삶은 존재하지 않는다. 카니발 기간 동안에 삶은 오직 카니발의 법, 즉 그 자체의 자유의 법에 따르게 된다."

카니발은 기성의 권위에 대한 거부를 바탕으로 하며, 본질적으로 생성과 변화에 대한 갈망, 비종결적이고 개방적인 미래 지향성을 특징으로 한다. 이러한 카니발의 세계관은 바흐친의 '유쾌한 상대성'이라는 특유의 논리에 의해 지배되는데, '유쾌한 상대성'의 세계에서는 왕이 노예가 되고 현자가 바보가 된다거나, 현실과 공상 천국과 지옥의 구분이 모호해지는 등 모든 것이 뒤바뀌고 역전된다. 이러한 과정에서 성스럽고 경건한 모든 것들이 조롱의 대상이 된다. 이것이 만들어 내는 카니발의 웃음은 단순한 풍자에 그치는 것이 아니라, 여러 가지 장벽을 무너뜨리고 자유에 이르는 길을 열어주는 유쾌한 진리를 향한 생성의 웃음이다.

탈중심화 이론의 연장선상에서, 기계에 의해 짜여진 기존의 권위를 거부하고 이에 대한 전복을 꾀하는 피지배 계급으로서의 인간의 모습과 비유하여 볼 수 있다.

영화 〈매트릭스〉는 1999년 워쇼스키 형제가 감독한 사이버 펑크 영화로 화려한 액션신 이외에도 철학적인 논의를 활발하게 하였던 작품이다. 매트릭스에서는 여러 가지 근원적인 질문들이 등장하는데, '내가 무엇을 알 수 있는가? 내가 무엇을 해야 하는가? 나는 무엇을 바랄 수 있는가?' 이외에도 시뮬라크르와 관련하여 '실재란 무엇인가'라는 질문이 영화를 관통하고 있다. 또한, 현실과 모사 사이의 경계가 흐려지거나 사라진 상황을 다루는 영화중에 가장 일관되게 철학적인 면을 유지하는 영화라는 평을 듣고 있기도 하다.

3.10. 장자의 '호접지몽'

다음은 『장자』의 「제물론편(齊物論篇)」에 나오는 이야기이다. 장자가 어느 날 꿈을 꾸었다. 나비가 되어 꽃들 사이를 즐겁게 날아다녔다. 그러다가 문득 깨어 보니, 자기는 분명 장주가 되어 있었다. 이는 대체 장주인 자기가 꿈속에서 나비가 된 것인지, 아니면 나비가 꿈에 장주가 된 것인지를 구분할 수 없었다. 장주와 나비는 분명 별개의 것이건만 그 구별이 애매함은 무엇 때문일까? 이것은 사물이 변화하기 때문이다. 꿈이 현실인지 현실이 꿈인지, 도대체 그 사이에 어떤 구별이 있는 것인가?

장주와 나비 사이에는 피상적인 구별, 차이는 있어도 절대적인 변화는 없다. 장주가 곧 나비이고, 나비가 곧 장주라는 경지, 이것이 바로 여기서 말하고자 하는 세계이다. 물아의 구별이 없는 만물일체의 절대경지에서 보면 장주도 나비도, 꿈도 현실도 구별이 없다. 다만 보이는 것은 만물의 변화에 불과할 뿐인 것이다. 이처럼 피아(彼我)의 구별을 잊는 것, 또는 물아일체의 경지를 비유해 호접지몽이라 한다. 오늘날에는 인생의 덧없음을 비유해서 쓰이기도 한다.

장자가 어느 날 자신이 나비가 되었던 꿈을 꾸고 일어났을 때, 꿈과 현실을 명확히 구분할 수 없다는 생각을 하게 된다. 영화 초반에서 앤더슨도 비슷한 말을 한다.

"가끔 꿈인지 생시인지 구분이 안 갈 때가 있어."

또한 영화 초반 에이전트들에게 잡힌 앤더슨은 배 속에 이상한 벌레를 넣게 된다. 그 후 바로 앤더슨은 잠에서 깨어나고 그 일이 꿈이었다고 생각한다. 그러나 곧 트리니티가 차 안에서 그 벌레를 꺼내 보이자, 꿈이 아니었냐며 크게 놀란다. 그 후 앤더슨과 모피어스의 첫 만남에서 모피어스 역시 호접지몽과 아주 유사한 얘기들을 한다.

"진짜 현실 같은 꿈을 꾼 적이 있는가? 그런 꿈에서 깨어나면 그것이 꿈인지 생시인지 어떻게 알 수 있을까?"

영화 속에서 네오가 활동하던 1999년은 가상 세계이고, 모피어스와 그의 일행이 매트릭스에 저항하는 현실 세계는 2199년의 세계이다. 그러나 그 영화를 보는 사람들이 사는 1999년은 우리에게 현실이고 〈매트릭스〉란 영화는 가상 세계이다. 영화 속과 현실이 거꾸로 되어 있다.

영화 속에서 모피어스는 네오에게 "과연 현실(real)이란 무엇인가? 진실을 어떻게 정의하는가? 만약 우리가 '현실'을 우리의 감각이 진짜라고 전해 주는 세계로 정의한다면 현실이란 두뇌가 해석하는 전자 신호에 불과하다"고 말한다.

3.11. 구세주 신화

영화 〈매트릭스〉에는 예수의 신화가 숨겨져 있다. 모피어스는 세례자 요한이다. 그의 이름 모피어스는 '형태'를 뜻하는 그리스 어의 어간 'morph-'와 행위자를 나타내는 접미사 '-eus' 구성된 낱말로 '형성하는 사람'이라는 뜻을 가지고 있다. '예수의 길을 앞서 준비하는 자'라는 세례자 요한의 역할을 하는 인물의 이미지에 잘 어울리는 이름이다.

또 배신자 사이퍼(Cypher)는 예수를 팔아먹은 유다이다. 그의 이름은 '가상의'라는 뜻을 가진 낱말을 만들어 낼 때 흔히 쓰이는 영어 접두사 'cyber-'를 연상하게 한다. 진실되지 못하고 거짓으로 가득 찬 인간을 나타내기에 알맞은 이름이다.

네오를 사랑하는 트리니티는 성모 마리아와 막달라 마리아를 겸하고 있다. 트리니티(Trinity)는 성부, 성자, 성령을 나타내는 성삼위를 뜻한다.

영화에서 인간들이 사는 약속된 땅의 이름 역시 시온(Zion)이다. 시온이란 예루살렘에 있는 언덕 이름으로 먼 옛날 솔

로몬 왕이 여호와의 신전을 지은 이래 성스러운 산으로 알려진 유대 인들의 신앙 중심지이다.

네오는 '새 예수'를 뜻한다. 그는 2199년에 매트릭스의 노예 상태가 된 인류를 구원하기 위해서 오는 구세주이다. 예수가 십자가에 매달려 죽은 지 사흘 만에 부활하여 죽음을 죽음으로 멸한 것과 마찬가지로, 네오는 영화의 마지막 장면에서 에이전트의 총에 맞아 죽었다가 트리니티의 사랑 고백에 의해서 되살아나 에이전트들을 모두 물리친다. 사랑이 죽음보다 더 강하다.

매트릭스를 해킹하는 사람들은 혁명을 꿈꾸는 반체제적 인물들이다. 이들은 인류 역사에서 수없이 많이 나타났던 종교적 개혁가와 닮았다. 눈 앞에 보이는 현상을 모두 진실이라고 믿는 군중들 사이에서 홀로 의심하고 진정한 삶의 의미를 찾는 종교 지도자들은 인간이 만들어 놓은 체제를 의심하고 해킹하는 인간들이다. 영화에서 모피어스가 네오에게 왜 해킹을 하느냐고 묻자, 네오는 이 세상의 무엇인가가 잘못되었다고 느끼기 때문이라고 대답한다. 네오는 끊임없이 의문을 추구한 끝에 모피어스를 만나게 되고, 자신이 환상 세계 속에 살고 있음을 발견하고는 모든 악의 근원인 매트릭스와 싸워 인류를 구원하려고 한다.

3.12. 도시적 상상력의 신화, 〈매트릭스〉

영화를 보는 것은 재미있다. 그것은 꿈을 꾸는 것과 같다. 더욱이 한 번도 생각조차 하지 못했던 상상력의 힘을 빌어 미지의 세계에 발을 디디는 것은 지극히 유쾌한 일이다. 영화가 빚어내는 꿈은 아득한 태고에 신화를 만들었던 사람들의 작업과도 비슷하다. 그것은 아마도 인간 존재 자체에서 울려 나오는 생명의 떨림과도 같은 것이다.

오늘날 우리가 할 일은 온 길을 되돌아가 자연의 지혜와 조화되는 길을 찾는 것입니다.

이로써 짐승과 물과 바다가 사실은 우리와 형제지간 이라는 것을 깨달아야 합니다. ……신화와 꿈은 같은 곳에서 옵니다.

이 양자는 상징적인 형태로 나타내야겠다는 일종의 깨달음에서 옵니다.

미래를 생각하게 하는 신화 중에서 가치 있는 신화는 어떤 도시, 어떤 동아리에 관한 신화가 아니라 이 땅에 관한 신화입니다.

모든 인류가 사는 이 땅에 관한 신화여야 합니다.

—조셉 캠벨, 『신화의 힘』 중에서

인간은 신화적인 존재 혹은 다른 식으로 말하자면 '세계를 만드는' 존재라 할 수 있다. 우리는 삶에 대한 이해를 표현하기 위해 서사적인 이야기를 만들고 이를 통해 인생의 의미를 파악한다. 이런 면에서 신화는 단지 '동화 같은 이야기' 혹은 날조된 역사가 아니다. 오히려 신화는 삶을 살아가면서 갖게 되는 공포와 염원에 대한 깊이 있는 표현이며, 인생에 대한 상징적인 이해의 소산이다. 성서에 나오는 이야기, 수많은 고대 문명의 창조 설화, 민족 시조의 일대기, 심지어 〈스타워즈〉와 같은 현대 영화조차도 신화로 볼 수 있다.

신화학자 조셉 캠벨 또한 현대의 영화는 신화를 창조하는 예술이라고 말한 바 있다. 무엇보다 신화는 한 개인의 꿈을 넘어서 우리가 살아 있음을 느끼게 하고 우리가 어디에 있는지, 어디로 가는지를 가리키는 삶의 이야기로서의 의미를 가진다. 따라서 신화는 시대와 환경이 바뀌면 그 내용이나 상징, 기능이 변화한다고 캠벨은 본다.

이러한 신화가 지니는 기능은 캠벨에 따르면 대략 네 가지 차원을 갖는다.

① 신비주의와 관련된 기능: 우주라는 것이 얼마나 신비스러운 것인지, 만물이 그리고 우리 인간이 얼마나 신비로운 것인가를 깨닫게 하는 신화의 기능이다.

② 우주론적 기능: 과학 또한 이 차원에 관계되는데, 과학은 단지 이 세계를 분석하고 기술하는 차원에 머물지만, 신화는 우주와 그 현상의 의미를 전해 준다.

③ 한 사회의 질서를 일으키고 그 질서를 유효하게 만드는 기능: 한 사회를 지배하는 도덕률과 관계된 신화들을 말하는 것인데 캠벨은 이러한 기능을 과장하는 것은 시대착오적인 것이라고 본다.

④ 오늘날 우리에게 주어진 이 상황에서 우리의 삶을 어떻게 살아낼 것인가와 관련된 교육적 기능: 캠벨에게 가장 유의미하고 앞으로의 우리에게 가장 중요한 신화의 기능이다.

4. 영화 <걸리버 여행기> 속 유토피아

4.1. 원작 동명 소설의 작가 조나단 스위프트가 살던 시대적 상황

18세기 영국사회는 왕위 계승 문제로 혼란한 시기였으며 정치 세력의 다툼이 심했을 뿐 아니라, 부패와 타락이 빈번했으며 국민들의 형편도 어려웠다.

이 시기에는 계몽주의와 합리주의적인 사상이 유행했다.

계몽주의는 인간을 이성적인 존재로 생각하여 구원의 가능성에 대한 회의를 갖게 했으며 인간의 성품에 대해 긍정적인 입장을 지니고 있었다.

인간의 본성은 근본적으로 선하며 인간은 인간으로서 완전하다고 생각해야 한다는 사상이 널리 퍼지고 있었던 시기였다. 그렇기에 스위프트의 세계관과는 반대였던 것이다.

작가 조나단 스위프트(Jonathan Swift, 1667~1745)

스위프트는 1667년 아일랜드 더블린에서 영국계 부모의 유복자로 태어났으며 젊은 시절에 정치인으로 활동을 한다.

8년 정도 정치인의 실력을 인정받았으나 소속한 당이 패배하자 실망하고 성당의 사제로서 조용히 지내게 된다. 그러면서 작품을 쓰고 작품을 통해 이름을 알리게 되었다. 스위프트는 인간의 이성을 믿었고 선에 대한 생각도 지니고 있었으나 근본적으로는 악에 대한 집착력이 있는 존재라고 생각했다. 이것은 스위프트가 성직자였던 것과 관련지어 생각해 볼 필요가 있다. 기독교의 원죄라는 개념은 원래 인간은 죄를 지닌 존재였다는 것을 나타내며 스위프트는 그것의 영향을 받았을 것이기 때문이다.

이것은 18세기의 시기에 유행했던 계몽주의, 합리주의 사상과 반하는 사상이었고 그렇기에 더욱 비판 받았던 것으로 판단된다.

스위프트는 성직자였기 때문에 기본적으로 인간에 대한 사랑이 있었으리라고 판단되며 그것은 그 당시 사람들이 스위프트를 인간 혐오주의자, 염세주의자라고 하는 것과도 반하는 내용이다. 스위프트가 인간에 대한 사랑과 관심에서 글을 쓴 것이다.

『걸리버 여행기』, 『겸손한 제안』, 『설교단의 이야기』 등의 작품이 있다.

TRAVELS
INTO SEVERAL
Remote Nations
OF THE
WORLD.

IN FOUR PARTS.

By LEMUEL GULLIVER,
first a SURGEON, and then a CAPTAIN
of several SHIPS.

VOL. I.

LONDON:
Printed for BENJ. MOTTE, at the Middle
Temple-Gate in Fleet-street.
M, DCC, XXVI.

『걸리버 여행기』

영국계 아일랜드인 작가 조나단 스위프트의 소설로 1726년 작품이다.

4.2. 원작 『걸리버 여행기』와 영화 〈걸리버 여행기〉의 다른 이야기

『걸리버 여행기』는 여행가 걸리버의 여행기록을 통해 많은 걸 깨우치게 하는 작품으로 오늘날 높이 평가를 받고 있다.

오늘날은 훌륭한 작품으로 평가 받고 널리 읽히고 있지만 작품이 창작된 18세기에는 금서가 되기도 했었고 많은 이들에게 혹평을 받기도 했었다.

20세기에 후반에 이르러서야 작품과 작가를 분리해서 판단하려는 움직임이 일어나 제대로 된 평가를 받게 되었다.

걸리버 여행기 다른 이야기

애니메이션과 영화 속의 걸리버 여행기

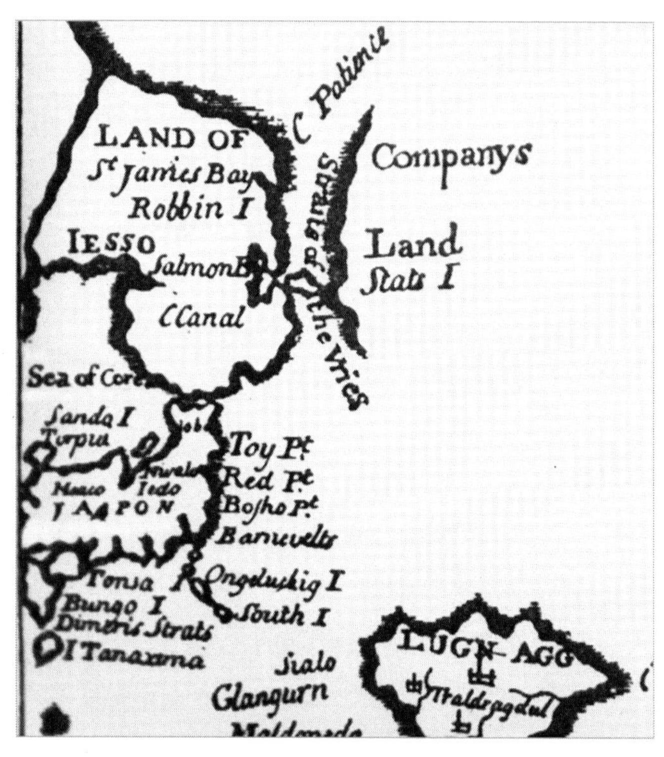

걸리버 여행기 속 한국의 존재

1726년에 걸리버 여행기에 출간된 삽화. 한국해(Sea of Corea)의 표시는 우리나라가 있음을 인식했다는 것이다.

1992년 신현철 번역으로 한국 최초 전편 완역된 『걸리버 여행기』의 표지

1부: 작은 사람들의 나라
2부: 큰 사람들의 나라
3부: 하늘을 나는 섬의 나라
4부: 말들의 나라

20세기 한국에서는 『걸리버 여행기』가 성인 소설로 완역되기 전까지는 어린이용 동화로 출판되는 경우가 대부분이었다. 성인용 풍자문학의 내용이 전체 4부로 되어 있는데 비해서 어린이용 동화에서는 앞부분의 1부나 아니면 2부 정도로만 간략 번역되고 그림이 실리는 경우가 허다했다. 특히 1부는 소인국으로, 또 2부는 대인국으로 번역되어 그와 관련한 어린이용 만화영화가 유행할 정도였다. 이런 경우 그야말로 주인공 레뮤엘 걸리버의 모험담에 관심을 갖고 소인국으로 간 걸리버, 대인국으로 간 걸리버 등을 이야기하곤 했다.

1편 소인국에 간 걸리버

2편 대인국에 간 걸리버

3편 표류중인 걸리버가 라퓨타를 발견

4편 말의 나라에서

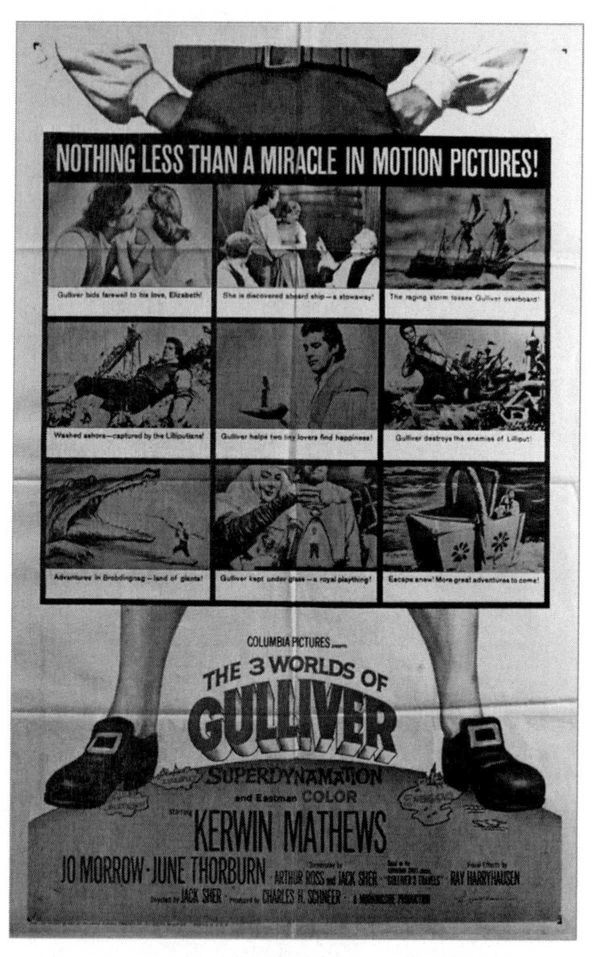

영화로 보는 걸리버 여행기(1960년대 영국 영화)

감독: 잭 쉐어, 주연: 커윈 매튜스, 조 모로우, 준 도번, 리 패터슨. 각 나라마다 종족의 특징 속에 숨어 있는 정치적 비판과 인간에 대한 풍자를 그린 소설을 영화로 함.

1939년 걸리버 여행기　　1996년 걸리버 여행기　　2010년 걸리버 여행기

성인 풍자소설『걸리버 여행기』가 영화화된 내력을 보면, 1939년, 1960년, 1996년, 2010년 등이다.

특히 잭 쉐어 감독의 1960년대 영국 영화는 원 소설의 정치적 비판과 풍자를 영화 속에 그려내려고 한 작품이다. 그런데 잭 쉐어 감독의 영국 영화는 4부까지 있는 원 소설의 분량을 2부까지로 줄여서 영화화하고 있다. 그리하여 제일 먼저 소인국에 걸리버가 당도해서 정치세태와 인간의 정신적 왜소함에 대해 비판하고 풍자하고, 거인국에 당도해서는 인간의 오만과 이성적이지 못한 과학을 비판하고 풍자했다. 그리고 다시 자신의 나라 영국에 돌아와서는 소인국과 거인국에서의 경험을 바탕으로 권세나 돈보다 사랑이 가장 중요하다는 것을 깨닫는다는 내용으로 결말을 짓고 있다.

실제로 이 〈걸리버 여행기〉와 관련지어 1부의 소인국 릴리퍼트에서 걸리버의 모습을 비유하여, 특정 시장, 상품을 통해 대부분의 점유율을 차지하는 기업을 '걸리버'라고 부른다.

그리고 3부의 하늘을 나는 섬의 나라는 1986년 미야자키 하야오 감독의 애니메이션 『천공의 성 라퓨타(天空の城ラピュタ)』에 등장하기도 하고, 또한 최근에 만들어진 영화나 애니메이션 속에 이와 비슷한 아이디어들이 속속 등장하고 있는 것을 볼 수 있다.

그리고 4부 말의 나라에서 휴이넘 기행을 통해 드러나는 유토피아적 이상이 원작인 성인 풍자소설 『걸리버 여행기』에서는 가장 강하게 드러나고 있는 반면, 영화화되는 과정 속에서는 가장 외면되고 있는 것이 현실이다. 4부 말의 나라에서는 평화로우며 합리적인 사회를 갖고 있는 말 종족의 나라를 이야기하고 있다. 말의 모습을 하고 있는 종족 휴이넘은 전쟁도 없고, 역병이나 슬픔이 없는 엘리트들로 구성된 강력한 계급 제도를 갖고 있다. 이 강력한 계급 제도는 말투나 풍습, 그리고 외관을 보건대 영국의 귀족 제도를 풍자하고 있다.

반면 이 나라에서 휴이넘과 대비되어 등장하고 있는 야후라는 미개한 종족에 주목할 수 있다. 인류를 부정적인 측면으로 왜곡시킨 일종의 퇴화한 인류라고 할 수 있는 것이 야후이다. 휴이넘이 전쟁을 하지 않는 것과는 대조적으로 야후들은 서로 싸우고, 서로에게 관심 있는 물건을 빼앗아가는 습성까지 갖고 있다. 걸리버는 이 야후에게서 인간의 습성과 인간의 부정적인 측면 등을 발견하고는 야후와 인간이 비슷함을 깨닫는다.

포털사이트 Yahoo는 공식적으로는 「Yet Another Hierarchical Officious Oracle」의 약어이긴 하나, 개발자들이 자신들을 말의 나라 휴이넘국에서 등장하는 야후 부족에서 따왔다고도 한다.

소인국 테마파크

4.3. 『걸리버 여행기』의 풍자

소인국 릴리퍼트에서는 인간 사회의 모습을 드러내 준다. 소인국 사람들과의 첫 대면을 통해 '인간의 본성'에 대해 배워나가게 된다.

소인국 사람들은 그를 조사하는데 그는 그 수색에 순순히 응해 준다. 걸리버가 그들의 나라에서 본 놀이는 정치세계의 모습을 나타낸 것이었다. 왕에게 잘 보이면 권력을 잡으나 실수를 하면 바로 쫓겨날 수도 있는 그런 세계를 보여 주고 있다.

그 당시 왕권 사회에서 능력보다는 비위맞추고 줄 서는 것으로 권력이 좌지우지 했던 것을 비판한 것이다. 그리고 릴리퍼트와 블레훠스크 나라는 나뉘어서 팽팽하게 맞서고 있는 정치세력을 표현한 것이었다.

이곳에서 나타나는 높은굽당과 낮은굽당은 영국사회의 두 정당세력인 휘그당과 토리당의 대립과 진행과정을 나타낸 것이다. 한때 정치가였던 스위프트였기에 더 정치계의 상황을 잘 파악하고 이것을 통해 자세히 비판해낸 것이다.

걸리버가 그들의 라이벌인 블레훠스크의 함대를 끌고 왔을 때 그는 나르다크라는 명예칭호를 주면서 그에게 감사해

했다. 그렇지만 그는 위협적일 수 있고 재정에 막대한 지장을 준다는 이유 등으로 모함을 받는다. 인간의 필요에 따라 훈장을 주기도 한 사람을 죄에 몰아가기까지 하니 인간의 간교함과 이기적인 모습들이 나타나는 대목이라 보여진다. 눈을 멀게 하기로 한 결정을 한 신하가 몰래 찾아와서 알려준다. 그리고 그는 괴로워한다. 인간 사이의 믿음에 대한 배신에서 나온 절망감인 것이다. 이 나라의 이야기를 통해서는 정치세계에 상황과 부패, 타락 등을 나타내려고 했던 것이다.

다양한 인간들의 등장을 통해서 인간의 심리를 엿 볼 수 있었고 정치계의 타락의 측면을 통해 간접적으로 그 당시 사회를 짐작해 볼 수 있다.

4부는 말들의 나라에 대해서 언급한다. 여기에서는 인간관계에 대한 비판이 나오며, 가장 많은 논란이 된다. 걸리버는 휴이넘(우두머리격 말들)의 세계에 대해 존경을 나타내고 야후라는 인간과 비슷한 종족을 통해 인간사회를 비교, 비판한다. 이 부분에서 사람들은 스위프트를 인간 혐오자라고 비판하지만 진정한 인간 혐오자는 아니었다.

휴이넘의 나라에서 걸리버는 그들의 언어를 배웠고 그 주인과 여러 가지 대화를 나눈다. 휴이넘에게 그가 그 나라에 오게 된 경위를 이야기했다. 휴이넘은 그런 세계가 있다는 것을 잘 믿지는 않았지만 열심히 들으면서 궁금한 점을 알아갔다. 그 과정에서 인간세계의 문제점들을 짚어간다. 이것을 통해 그 당시의 사회 부조리, 부패, 타락을 지적한 것이다.

인간의 세계는 '야후'라는 인간을 닮은 동물과 비교되면서 이야기가 진행된다. 걸리버는 처음에 그 나라에 도착했을 때 한 동물을 보게 되고 가장 혐오스럽다고 생각했다. 그런데 자세히 알게 되면서 그 동물은 사람인 자신과 매우 흡사했다. 마치 진화가 덜 된 인간처럼 보였다. 실제로 걸리버 자신은 이러한 사실에 놀라게 된다. 그 나라 사람들은 '야후'가 가장 흉악하고 잔인한 동물이라고 얘기한다. 그리고 이성이 없는 동물이라고 무시 했다. 걸리버는 이성과 지성을 지녔고 그들과 약간 다르며 대화가 된다는 면에서 다른 대접을 받긴 하지만 그도 특별한 존재이긴 했다. 걸리버는 처음에는 매우 흉측스럽게 여겼던 그 동물을 통해서 이성을 잘못 발달시킨 많은 인간들의 속성과 비슷한 면을 많이 발견한다. 타락한 인간들은 이성을 악용하기 때문에 차라리 이성이 없는 야후가 더 나을지도 모른다. 또한 이 부분에서 인간의 잘못된 판단이 위험하다는 것을 깨닫게 해 준다. 걸리버는 사회비판, 학문에 대한 설명, 직업과 하는 일 등 여러 가지를 이야기하면서 인간사회의 타락하고 부패한 모습을 파헤친다.

사회의 잘못을 알리고 개선되는 방향으로 이끌려고 했던 것이 작가의 집필의도이다.

걸리버는 사랑과 미덕을 바탕으로 한 휴이넘 나라를 동경한다. 그리고 휴이넘 세계의 꼼꼼하고 완벽하며 치밀한 면에 놀라기도 하지만 그보다는 야후에게서 편안함을 느끼는 자신을 발견한다. 휴이넘의 일부는 배웠지만 완전히 흡수하기에는 거리감이 있었던 것이다. 휴이넘들에게서는 인간의 잣대에서 봤을 때 별로인 부분들도 분명히 있었다. 그럼에도 전체적인 분위기가 마음에 들어 그 나라에 머물고 있었던 걸리버는 결국 그 나라사람들이 불편해 함에 따라 그 곳을 떠나게 된다.

그곳도 그가 영원히 머물 수 있는 이상적인 곳은 아니었던 것이다.

영국으로 돌아간 후 그는 인간세계를 힘들어했고 조금씩 적응해 갔다.

이를 통해 작가는 사회를 비판하고 개선을 촉구하였지만 완벽한 세계란 힘들다는 인간의 한계도 함께 담아내었다.

걸리버 여행기는 인간사회의 모습을 풍자적으로 잘 풀어내어 짚어주고 있으며 그 반성을 촉구하는 데 의의가 있다.

형식과 결과가 큰 비중을 차지하는 것은 오늘날의 사회에서도 마찬가지이다. 이런 사회에서 인간의 본질에 대해 다시 생각해 볼 수 있게 하고 인간의 부정적인 면을 짚어내서 고치도록 유도한다는 점에서 이 작품은 계속 유용할 것이다.

스위프트가 이 작품을 통해서 이야기하고 싶은 것도 이것이라고 할 수 있다.

시와 파시즘 / 반파시즘

1. 시 속의 파시즘 / 반파시즘

일본의 한국 통치는 잔인 가혹하리만큼 효과적이었는데, 그럼에도 민족의 시를 압살할 수 없었고, 이러한 사정에도 불구하고, 한국 시는 전성시대에 필적할 만한 부활을 볼 수가 있었다. 1919년에 문학가와 지식인이 선포한 〈獨立宣言〉이 실현되기까지에는 25년 이상의 세월이 흘러야 했지만 시인들은 결코 희망을 단념 않고 투옥과 고문과 죽음의 중압을 견뎌 내며 민족의 얼을 지키는 데 힘썼다. 그들이 어느 만큼의 위난에 직면했었는가는 시인 심훈의 시에서 여실히 엿볼 수 있다.

—C. M. 바우라, 『시와 정치』에서

심훈(沈熏, 1901.9.12.~1936.9.16)

바우라가 칭송했던 한국의 시인 심훈은 1901년 서울 출생으로, 본명은 대섭(大燮)이다. 소설가이자 영화인이다. 경성제일고보 재학 시 3·1운동에 참가하여 4개월간 복역하였고, 출옥 후 상하이[上海]로 가서 위안장대학[元江大學]에서 수학하였다. 1923년부터 동아일보·조선일보·조선중앙일보에서 기자생활을 하면서 시와 소설을 쓰기 시작했다. 1930년에는 『동방의 애인』, 1931년에는 『불사조(不死鳥)』를, 1933년에는 『영원의 미소』, 1934년에는 『직녀성』을 집필하였다. 1935년에는 농촌계몽소설 『상록수』가 동아일보 창간 15주년기념 현상소설에 당선되면서 크게 각광을 받았다. 이 소설은 당시의 시대적 풍조였던 브나로드 운동을 남녀 주인공의 숭고한 애정을 통해 묘사한 작품으로서 오늘날에도 널리 읽히고 있다.

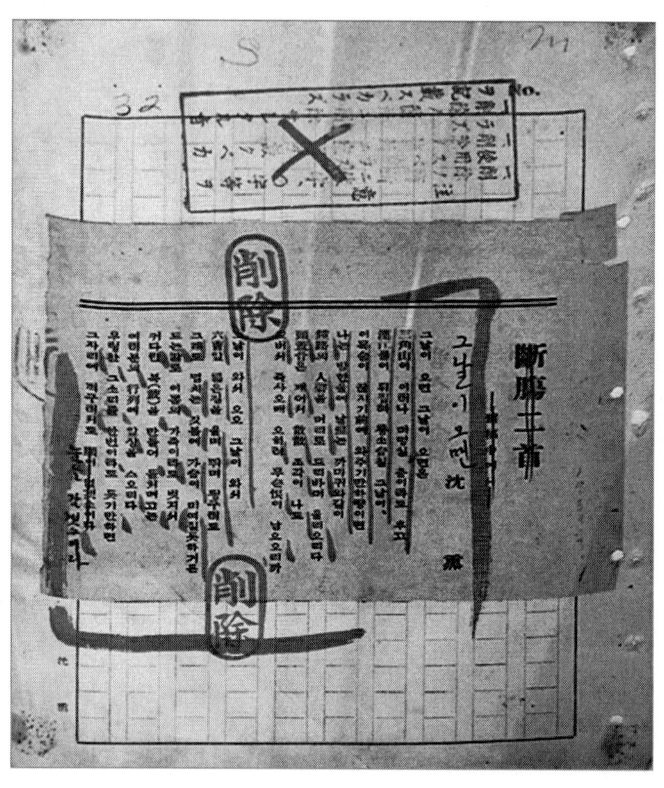

斷腸二首

그날이 오면

沈熏

削除

削除

심훈, 「그날이 오면」 검열본

1932년 일제가 내용을 검열한 교정본으로 삭제 판정 받았다.

바우라가 일제강점기 시절 대한의 얼을 지키고자 애썼던 정치적인 시로 심훈의 작품을 인용하고 있다. 심훈의 대표적인 시 「그날이 오면」은 다음과 같다.

그 날이 오면 그 날이 오면은
삼각산(三角山)이 일어나 더덩실 춤이라도 추고
한강물이 뒤집혀 용솟음칠 그 날이
이 목숨이 끊기기 전에 와 주기만 하량이면
나는 밤하늘에 날으는 까마귀와 같이
종로의 인경(人磬)을 머리로 들이받아 울리오리다.
두개골(頭蓋骨)은 깨어져 산산조각이 나도
기뻐서 죽사오매 오히려 무슨 한(恨)이 남으오리까.

그 날이 와서 오오 그 날이 와서
육조(六曹) 앞 넓은 길을 울며 뛰며 딩굴어도
그래도 넘치는 기쁨에 가슴이 미어질 듯하거든
드는 칼로 이 몸의 가죽이라도 벗겨서
커다란 북을 만들어 들쳐 메고는
여러분의 행렬에 앞장을 서오리다.
우렁찬 그 소리를 한 번이라도 듣기만 하면
그 자리에 거꾸러져도 눈을 감겠소이다.

—「그날이 오면」 전문

시 「그날이 오면」의 시적 화자는 조국의 광복을 간절하게 염원하고 있다. 그런데 이 염원은 마음속으로 조용히 기도하며 소망하는 것이 아니라, 생각만 해도 기쁨에 겨워 춤추는 산과 용솟음치는 강의 환상을 볼 수 있을 정도로 황홀한 것이다.

이어서 윤동주의 대표적인 시 「서시」(『하늘과 바람과 별과 시』, 정음사, 1948)이다.

> 죽는 날까지 하늘을 우러러
> 한점 부끄럼이 없기를
> 잎새에 이는 바람에도
> 나는 괴로와했다
> 별을 노래하는 마음으로
> 모든 죽어가는 것들을 사랑해야지
> 그리고 나한테 주어진 길을
> 걸어가야겠다.
> 오늘 밤에도 별이 바람에 스치운다.

—「서시」 전문

중국 연변자치주 명동 마을에 위치한 윤동주 생가

시인 윤동주(尹東柱, 1917~1945)는 북간도 명동(明洞)에서 기독교 장로의 장손으로 출생하였다. 어릴 때 이름은 해환(海煥). 명동 소학교, 은진 중학, 평양 숭실 중학, 용정(龍井)의 광명 중학 등에서 공부했고, 연희 전문학교 문과를 마치고 일본에 유학, 립교(立敎) 대학과 동지사(同志社) 대학에서 영문학을 전공했다. 1943년 7월 여름 방학 때 귀향하기 직전 사상범으로 체포되어 2년형을 언도받고 복강(福岡)형무소에서 복역 중 사망했다. 그의 시는 소년다운 순결한 의식과 기독교적 참회의 정신을 시의식의 바탕에 깔고 있다. 1948년 유고 시집 『하늘과 바람과 별과 시』가 나왔다.

최근 중국에서는 윤동주 시인의 생가를 새로 꾸미면서 '중국의 애국시인'이라고 주장하고 있다. 윤동주의 고향 연변자치주의 명동 마을 입구에는 윤동주 생가라고 적혀 있는 기념비가 한글과 한자로 새겨져 있다. 그런데 문제는 '中國朝鮮族愛國主文詩人(중국 조선족 애국시인)'이라고 새겨져 있다는 것이다. 또한 윤동주는 중국 55개 소수민족 중 하나인 조선족으로서 중국에 애국했다고 풀이되는 표현에 있다.

생가 내부의 시비 가운데 일부는 아예 중국어로 쓰여 있어 윤동주가 중국어로 시를 쓴 것 같은 착각마저 들게 한다.

이 시는 자신의 전 생애에 걸쳐서 철저하게 양심 앞에 정직하고자 했던 한 젊은이의 내부적 번민과 의지를 보여 준다. 윤동주는 식민지 지식인의 정신적·윤리적 고통을 섬세한 서정과 투명한 시심(詩心)으로 노래하였다. 그의 시에는 절박한 시대 상황 속에서 순교자적 신앙의 길을 선택한 한 청년의 끝없는 자기 성찰의 자세가 반영되어 있다. 이와 같은 자기 성찰은 항상 '부끄러움'을 수반한다. 이 '부끄러움'의 감정은 현실적인 문맥에서 이해하자면 구체적이고 실천적인 행동성의 결여에 대한 것이라고 할 수 있다. 그러나 이렇게만 이해하는 것은 그의 시를 단순화시키는 것이 된다. 왜냐하면, 그의 '부끄러움'은 좀 더 근원적인 것, 말하자면 절대적인 윤리의 표상인 "하늘을 우러러 한 점 부끄럼이 없기를" 소망하면서 부단히 자신의 삶을 채찍질하도록 만드는 그런 것이기 때문이다. 따라서 이 '부끄러움'은 삶과 시를 지탱해 주는 근원적인 동력이라고 할 수 있다. 그리고 그것은 삶의 계기마다, 그리고 그의 시마다 각각 다른 모습으로 나타나면서 「십자가」 같은 시에서 볼 수 있는 순결한 순교자 의식으로 수렴 된다. 그런 의미에서 그의 '부끄러움'을 이해하는 것은 그의 시가 지닌 아름다움과 그의 삶이 지닌 투명한 아름다움을 이해하는 관건이 된다고 할 수 있다.

계산성당을 배경으로 있는 이상화 시인의 벽화(대구 계산예가)

시인 이상화(李相和, 1901.4.5.~1943.4.25)는 1901년 대구(大邱) 출생으로, 호는 상화(尙火)이다. 1919년 서울 중앙고보를 3년 수료하고 3·1운동이 일어나자 대구학생시위운동을 지휘하였다. 1921년 문예지 『백조(白潮)』 동인에 참여했고, 1922년 『백조』 1~2호에 시 「말세의 희탄」, 「이중의 사망」, 「나의 침실로」를 발표하면서 문단에 나왔다. 주로 『개벽』지를 중심으로 시·소설·평론 등을 발표하였다. 주요 작품으로 「석인상」, 「빼앗긴 들에도 봄은 오는가」, 「이별을 하느니」, 「나의 침실로」 등이 있다. 이 중 「빼앗긴 들에도 봄은 오는가」는 『개벽』지 폐간의 계기가 된 작품이기도 하다.

이어 일제강점기를 또 아프게 노래했던 시인 이상화의 시 「빼앗긴 들에도 봄은 오는가」이다.

지금은 남의 땅
빼앗긴 들에도 봄은 오는가?

나는 온몸에 햇살을 받고,
푸른 하늘 푸른 들이 맞붙은 곳으로,
가르마 같은 논길을 따라 꿈속을 가듯 걸어만 간다.

입술을 다문 하늘아, 들아,
내 맘에는 나 혼자 온 것 같지를 않구나!
네가 끌었느냐, 누가 부르더냐, 답답워라, 말을 해 다오.

바람은 내 귀에 속삭이며,
한 자국도 섰지 마라, 옷자락을 흔들고
종다리는 울타리 너머 아씨같이 구름 뒤에서 반갑다 웃네.

고맙게 잘 자란 보리밭아,
간밤 자정이 넘어 내리던 고운 비로
너는 삼단 같은 머리를 감았구나. 내 머리조차 가쁜하다.

혼자라도 가쁘게나 가자.
마른 논을 안고 도는 착한 도랑이
젖먹이 달래는 노래를 하고, 제 호자 어깨춤만 추고 가네.
나비, 제비야, 깝치지 마라.
맨드라미, 들마꽃에도 인사를 해야지.
아주까리 기름을 바른 이가 지심 매던 그 들이라 다 보고 싶다.

내 손에 호미를 쥐어 다오.
살진 젖가슴과 같은 부드러운 이 흙을
발목이 시도록 밟아도 보고, 좋은 땀조차 흘리고 싶다.

강가에 나온 아이와 같이,
짬도 모르고 끝도 없이 닫는 내 혼아
무엇을 찾느냐, 어디로 가느냐, 웃어웁다, 답을 하려무나.

나는 온 몸에 풋내를 띠고
푸른 웃음, 푸른 설움이 어우러진 사이로
다리를 절며 하루를 걷는다. 아마도 봄 신령이 지폈나 보다.

그러나 지금은 들을 빼앗겨 봄조차 빼앗기겠네.

—「빼앗긴 들에도 봄은 오는가」 전문

시 「빼앗긴 들에도 봄은 오는가」는 30여 년 간의 식민지 치하에서 나온 현대시 중 그 현실 감각의 날카로움과 뜨거운 정열이 결합된 예로서 가장 뛰어난 작품 중 하나로 손꼽힌다. 작품의 핵심이 되는 문제는 제목이 말하여 주듯이 '빼앗긴 들'에 과연 참다운 생명의 삶이 있을 수 있는가 하는 의문이다. 이상화는 한 행으로 된 제1연에서 이 물음을 던지고, 마지막 연에서 이에 대해 답한다. 즉, 이 시의 서두와 종결은 각각 질문–대답의 형식으로 되어 있다. 그 사이에 있는 아홉 개의 연은 이러한 대답에 도달하기까지의 각성의 과정을 노래하였다. 특히, 아홉 번째 연에서 시인은 절망감 속에서 온몸에 봄의 풋내를 띠고 절망감과 피곤함으로 인하여 다리를 절며 온종일 들판을 걷는다. 자신이 생각하기에도 그는 제정신이 아니라 어떤 봄의 신령에게 사로잡힌 것만 같다. 이처럼 착잡한 심리 상태가 '푸른 웃음, 푸른 설움'이라는 구절에 잘 나타난다. 푸른 웃음이란 자연의 봄을 보면서 느끼는 아름다움과 생명의 충동에 따른 반응이며, 푸른 설움이란 그것을 자신의 것으로 누릴 수 없는 현실의 상황을 깨닫는 데서 일어난다. 그는 어김없이 다시 찾아온 자연의 봄을 느끼면서, 그러나 결국 생명의 기쁨을 누릴 수 없도록 모든 것을 박탈당한 식민지 상황의 절망을 확인하는 것이다. 이로부터 나오는 깨달음이 마지막 구절의 "그러나 지금은 들을 빼앗겨 봄조차 빼앗기겠네"라는 괴로운 확인이다. 자연의 봄이 돌아온다 하여도 그것을 누릴 수 있는 사회적 조건이 박탈되었을 때 결국은 그 봄의 생명도 무의미할 따름이라는 것이 이 구절의 의미이다.

이상에 나열한 세 편의 시들이 한국의 반파시즘 시들이었다면, 외국의 반파시즘 시의 예로 프랑스 시인 폴 엘뤼아르의 대표적인 시 「자유」이다.

초등학교 때의 나의 노트에
나의 책상 위에 그리고 나무들 위에
모래 위에 눈 위에도
나는 쓴다 그대 이름을.

내가 읽은 모든 책장 위에
그리고 공백으로 된 모든 책장 위에
돌과 피와 종이와 재 위에까지도
나는 쓴다 그대 이름을.

금빛 칠한 조상위에
병사들의 무기 위에
그리고 왕들의 관 위에도
나는 쓴다 그대 이름을.

밀림에도 사막에도
새들 둥지마다 그리고 금잔화나무마다
내 어린 계절의 메아리 위에도
나는 쓴다 그대 이름을.

신비스런 밤에도
일용의 양식인 흰 빵 위에도
그리고 약속했던 계절에게도
나는 쓴다 그대 이름을.

푸른 빛의 내 모든 누더기 옷에도
햇빛에 이끼 이룬 연못 위에도
생생히 달빛 비친 호수 위에도
나는 쓴다 그대 이름을.

들판 위에도 지평선에게도
새들의 날갯죽지에게도
그리고 그늘진 풍차 위에도
나는 쓴다 그대 이름을.

먼동이 트는 새벽녘의 입김에도
바다 위에도 선박 위에도
미친듯이 분화하는 산 위에도
나는 쓴다 그대 이름을.

뭉게뭉게 피어나는 구름에도
솟아나는 땀과 같은 소낙비에도
김빠진 굵다란 빗방울에게도
나는 쓴다 그대 이름을.

빛나는 모든 것 위에도
가지각색의 종들마다
그리고 물리적인 진리 위에도
나는 쓴다 그대 이름을.

살며시 눈을 뜬듯 꼬부라진 오솔길 위에도
훤히 뻗어나간 큰 길 위에도
넘쳐 흐르는 광장 위에도
나는 쓴다 그대 이름을.

불이 켜지는 호야 램프에게도
불이 꺼지는 호야 램프에게도
일당에 모여 앉은 내집 식구들에게도
나는 쓴다 그대 이름을.

두 쪽으로 쪼개진 과실 위에도
빈 조개껍질 같은 내 침상 위에도
내 방과 채경 위에도
나는 쓴다 그대 이름을.

아직 나이어려 지범대는 내 집 강아지에게도
빳빳하게 선 그의 양쪽 귀 위에도
아직 익숙치 않은 그의 정강이에게도
나는 쓴다 그대 이름을.

우리 대문간에 놓여진 발판 위에도
정든 가지가지의 물건 위에도
축복받은 듯 파도처럼 이는 불길 위에도
나는 쓴다 그대 이름을.

조화되어진 모든 육체에게도
내 벗들의 이마 위에도
악수를 청하여 내밀어지는 모든 손 위에도
나는 쓴다 그대 이름을.

놀란 듯한 창문 위에도
기다리는 입술 위에도
그리고 침묵을 아득히 넘어서
나는 쓴다 그대 이름을.

파괴되어진 내 피난살이 집 위에
무너진 내 등대들 위에
내게 권태를 알려주는 이 벽돌 위에도
나는 쓴다 그대 이름을.

욕정없는 이 곧은 마음씨에게도
이 벌거숭이 같은 고독에게도
이 죽음의 행진 위에도
나는 쓴다 그대 이름을.

다시 제자리로 돌아온 건강한 몸에게
이미 사라져 버린 위태함에도
과거 없는 새로운 희망 위에도
나는 쓴다 그대 이름을.

나는 어휘의 힘으로써
나의 인생을 다시 마련한다.
나는 지금 태어났다. 그대를 알기 위하여
그리고 그대를 이름짓기 위하여

오, 자유여!

—「자유」 전문

살바도르 달리의 〈폴 엘뤼아르 초상〉(1929)

폴 엘뤼아르(Paul Éluard, 1895~1952)는 프랑스의 시인이다. 본명은 외젠 에밀 폴 그랭델(Eugène Émile Paul Grindel)이다. 파리 교외의 가난한 집안에서 태어났다. 제1차 세계대전에 종군, 독가스로 폐를 다쳐 평생의 고질병으로 살았다고 한다. 전후 앙드레 브르통, 루이 아라공등과 쉬르레알리즘 운동에 중요한 역할을 수행하였으며 스페인 내전 때인민 전선에 참가하여 레지스탕스로서 활약하였다. 대표 시집은 『고뇌의 수도(首都)』(1926), 『사랑, 그것은 시(詩)』(1929), 『정치적 진실』(1948) 등이다. 그의 시는 불연속으로 뜻밖의 이미지와 논리를 무시한 교묘한 비유로, 쉬르레알리즘의 강한 특징을 보이면서 어휘는 점차 투명해지고 내면적인 속삭임을 상기시키는 가락으로 변했다. 불안과 고뇌, 또 연애와 전쟁을 주제로 했어도 "한 인간의 지평선은 모든 인간에게 공통한다"라고 그가 읊은 바와 같이 미와 사랑과 인생의 여명에의 신뢰를 언제나 잃지 아니하였던 희유(稀有)의 시인이라 할 수 있다.

시 「자유」는 엘뤼아르가 제2차 세계대전 당시 독일의 프랑스 점령에 저항하는 레지스탕스 운동을 전개하면서 발표한 저항시로, 자유에 대한 시인의 갈망을 매우 강렬하게 표현한 작품이다. 성인이 되어서 깨달은 지고의 가치가 '자유'라는 사실을 알고서 시인이 가장 먼저 그 이름을 새긴 곳은 '초등학교 시절 노트와 책상, 나무' 따위이다. 어려서부터 꿈꾸어 왔던 막연한 무지개가 바로 '자유'라는 실체임이 드러났을 때, 목마르게 궁금하게 여겨 왔던 것의 실상이 자유임을 알게 되었을 때, 시인은 자연스럽게 자신의 어린 시절을 떠올린 것이다.

그러나 시인 폴 엘뤼아르는 이러한 개인적 차원에 머물지 않는다. 막연하게 혹은 분명하게 느껴 왔던 부자유가 현실의 세상 도처에 드리워져 있음을 알게 된 시인은 눈에 보이는 모든 사물 위에, 눈에 보이지 않는 모든 실체 위에 그 이름을 아로새기면서 자유가 실현되기를 갈망하고, 자신 역시 자유로워지기를 갈망하고 있다. 한편, 시인은 연약하고 억압받기 쉬운 대상만 자유로워지기를 기원하는 것이 아니라 자유를 억압하는 대상까지 연민을 느끼며 그들 역시 자유로워지기를 바라고 있다.

2. 영화 속 파시즘 / 반파시즘

2.1. 영화 <인생은 아름다워(La vita è bella)>

영화가 이야기하는 인생의 아름다움은 무엇인가?

베니니는 <인생은 아름다워>를 통해 무엇을 이야기하고 싶었으며, 영화에 나타난 정치적인 것의 영역과 내용은 무엇일까? 이 영화가 표방하는 피상적인 주제와 내용 이외에도 보이지 않는 정치적 역설과 감추고 싶은 정치적인 것이 분명히 드러나 있다.

영화의 도입부는 동화처럼 시작된다. 이런 도입부는 영화가 무척이나 아름답고 즐거울 것이라는 상상을 하게 하지만, 이후 모든 장면과 사건에는 1930년대 후반 이탈리아 파시즘 시대의 어두운 면들이 녹아들어 있다. 무솔리니의 행차를 연상시키는 장면이나, 파시즘 시대의 권위주의적 정부의 관료적 행태를 느낄 수 있는 도라의 약혼자 모습과 행동들, 유대인들의 박해와 포로수용소를 그리고 있는 장면, 독일과 이탈리아의 동맹관계 등을 암시하는 장면, 아이들이 로마로부터 온 장학사를 맞는 모습에서 볼 수 있는 군국주의적 모습, 장학사로 위장한 귀도의 인종선언서와 찬양 부분에서의 희극성 등은

〈La Vita è Bella〉(로베르토 베니니 감독, 1997)

아카데미상 7개 부문(최우수 작품상, 감독상, 남우주연상, 각본상, 편집상, 음악상, 외국어영화상)을 수상한 영화. 파시즘이 맹위를 떨치던 1930년대 말 이탈리아, 블랙 코미디 같은 상황이 더 슬펐던 영화 〈인생은 아름다워〉의 줄거리는 다음과 같다.

때는 1930년대 말, 귀도(Guido Orefice)는 운명처럼 초등학교 교사인 도라를 만나게 된다. 도라에게 약혼자가 있었지만 귀도는 그 사랑을 운명이라고 생각한다. 마을을 떠나 귀도와 도라는 결혼을 하여 아들 조수에를 얻는다. 평화롭기 그지없던 이들 가족에게 불행이 닥쳐온다. 독일의 유태인 말살정책에 따라 귀도와 조수에는 강제로 수용소에 끌려가게 된다.

남편과 아들을 사랑하는 도라는 유태인이 아니면서도 자원하여 남편과 아들의 뒤를 따른다. 수용소에 도착한 순간부터 귀도는 조수에에게 자신들에게 처한 현실이 하나의 신나는 놀이이자 게임이라고 속인다. 자신들은 특별히 선발된 사람이며 1,000점을 제일 먼저 따는 사람이 1등상으로 진짜 탱크를 받게 된다고 한다. 어릴 때부터 장난감 탱크를 좋아했던 조수에는 귀가 솔깃하여 귀도의 이야기를 사실로 믿는다. 두 사람은 아슬아슬한 위기를 셀 수도 없이 넘기며 끝까지 살아남는다. 마침내 독일은 패망하게 된다. 혼란의 와중에서도 탈출을 시도하던 귀도는 독일군에게 발각되어 사살 당하고 만다. 게임 1,000점을 채우기 위해서는 마지막 숨바꼭질 게임에서 독일군에게 들키지만 않으면 된다고 믿는 조수에는 하루를 꼬박 나무 궤짝에 숨어서 날이 밝기만을 기다린다. 다음날 정적만이 가득한 포로수용소의 광장에는 조수에가 혼자 서 있다. 누가 1등상을 받게 될지 궁금하여 사방을 두리번거리는 조수에 앞으로 요란한 소리를 내며 탱크가 다가온다.

당시 이탈리아 사회의 파시즘적 면모를 유감없이 보여 준다.

영화의 전반부는 주인공인 귀도와 초등학교 교사인 도라의 사랑 이야기이다. 후반부에는 그러한 아름다운 사랑의 결실인 조수에가 화원에서 뛰어나오는 장면을 시작으로 하여 험난한 여정과 고난을 암시하는 여러 장면들이 중첩되어 전개된다. 어렵게 열었던 서점에 몰려오는 탄압의 그림자나 도시 여기저기 널려 있는 유대인과 관련된 낙서들, 그리고 조수에의 생일 전에 들이닥친 파시스트들, 여기에 뒤이어 자신이 사랑하는 남편과 아들과 함께 수용 열차를 고집하는 도라의 모습에서 파시즘(아니 어쩌면 나치즘으로 그려지고 있는)의 최후가 임박했음을 알리고 있다.

수용소에서 귀도는 사랑하는 아들을 위해 게임을 위장한 처절한 노력을 웃음으로 위장하면서, 1000점을 먼저 획득하여 탱크를 얻도록 아들을 설득하고 자신의 목숨을 버리는 마지막 순간까지 그 특유의 유머 감각을 살려 아들을 안정시킨다. 그리하여 아들은 아버지의 기지 덕분에 살아남을 수 있었다. 불타는 수용소를 떠나는 군인들과 새벽녘이 되면서 숨어 있던 포로들과 유대인들이 하나 둘 나오고, 숨어 있던 조수에도 조그마한 상자 밖으로 나오자 때마침 들이닥친 미군의 탱크. 마치 1,000점 획득의 상품이자 승리의 전리품으로 등장한 탱크를 타고 가던 조수에는 그리운 엄마 품으로 돌아가면서 이야기는 막을 내린다.

말 그대로 전쟁과 포로수용소라는 가장 어려운 상황 속에서 기지와 재치를 발휘해 자신은 죽지만 다른 가족을 지키고자 했던 부성애를 그리고 있다. 또한 사랑은 그 어떤 것보다도 위대하고 영원하다는 평범한 진리를 역설과 유머를 통해 알리고 있다. 그러나 이 영화에서 이야기하고 있는 '인생'이 과연 '아름답다'라고 단정할 수 있는 것인가? 영화 〈인생은 아름다워〉는 곳곳에 숨어 있는 정치 미학을 드러내고 있다. 더욱이 많은 장면에서 파시즘의 이미지를 그리고 있다. 전체주의적이고 인종차별적인 요소를 연상시키는 장면들은 곳곳에서 보여 지고 있다. 귀도의 장학사 노릇연기에서, 서점 셔터에 유대인 가게라고 낙서되었던 사건에서, 그리고 귀도의 삼촌이 아끼던 말에다가 유대인의 말이라고 테러를 자행했던 것, 수용소의 모습, 강제 노역에 동원되는 유대인들의 모습 등이다.

20세기 초까지만 해도 이탈리아에 파시즘이란 존재하지 않았다. 파쇼(Fascio)란 명칭으로 각종의 사회단체들은 있었지만, 이도 그나마 사회주의 계열의 단체들이 주를 이루는 것이었다. 어느 날 갑자기 하나의 사회적 현상으로 그리고 하나의 주의(主義)로 자리 잡게 된 것은 국가의 묵인과 자본가들의 암묵적 지원에 기인한 결과였다. 사회주의를 공공의 적으로 간주하면서 국가와 애국심이 주된 이데올로기 요소로 자리 잡게 된 배경에는 바로 이와 같은 1920년대 이탈리아의 정치적 사회적 상황이 배경이 될 수 있었다.

제1차 세계대전의 승전국임에도 불구하고 이탈리아는 경제적으로 어려움을 겪게 되었다.

제1차 세계대전의 승전국들은 파리 평화회담에서 유럽의 세력균형과 보상 문제 등을 다루었는데, 이탈리아는 뜨렌또, 남부 트롤, 이스트라를 얻기는 했지만 그토록 원하던 피우메와 달마치아를 얻는 데는 실패하였다.

이에 단눈치오(D'annunzio)라는 우익적 성향의 민족주의 문학가가 의용대를 이끌고 피우메를 점령하면서 이탈리아 전역은 이전에는 존재하지 않던 애국심과 이탈리아라는 국가가 새로운 이데올로기가 되었다. 이를 고취시킨 것은 단눈치오와 같은 민족주의 계열의 우익 인사들이었지만, 결국 이를 지원했던 것은 당시의 정치가들과 산업자본가들이었다.

이때까지도 파시즘은 여전히 사회주의적 색채를 띠고 있었고, 피우메 점령과 같은 사건도 국가가 개입하여 해결한 극우적이고 반동적인 것으로 여겨졌다. 파시즘의 창시자인 무솔리니가 이와 같은 변화의 흐름을 감지한 것은 바로 이때였다.

최초의 파시스트 단체인 전투연대(Fasci di Combattimento)가 1919년 밀라노에서 창설되었을 때만 해도 그 강령에 포함된 내용은 다분히 사회주의적인 것이었다.

이와 같은 무솔리니의 파쇼 단체들이 전국적인 규모에서 많은 이들의 지지와 지원을 받게 되었던 것은 1919년 선거가 끝난 뒤였다. 단 한 명의 의원도 당선시키지 못한 정치단체가 되자 무솔리니는 자본가들의 지원을 얻기 위해서 단눈치오의 예에서 볼 수 있었듯이 우익으로의 전환이 필요하다고 판단했으며, 결국 1920년 강령의 개정을 통해 애국심과 국가 그리고 전쟁 등과 같은 요소를 최우선시하여 우익과 보수의 지원을 구하고자 했던 것이다. 더군다나 사회주의 계열의 정당과 노동조합 등이 국가의 위협세력으로 인식됨으로써 하루아침에 국가에 대한 적으로 부상하기 시작했다. 이들 정당과 노동조합들은 공공의 불만과 욕구를 해소할 수 있는 공격대상으로 인식되면서 자본가들과 우익 세력이 결집할 수 있었던 사회적 여건이 마련되었던 것이다.

파시즘의 부상은 바로 이와 같은 여러 정황과 맞물리면서 갑자기 전국적인 현상으로 떠올랐다.

파시스트들은 공격의 대상을 사회주의 계열의 정당과 언론 그리고 노동자들에게 집중하여 그들의 사무실과 본부 및 저택 등을 방화하거나 파괴하였다. 이에 따라 사회주의 세력과 노동자들은 큰 타격을 받았고 사회당은 1920년 20만 명이던 당원 수가 1922년 10월에는 2만 5천 명이 안 될 정도로 급격하게 약화되었고, 노동 총동맹 역시 조합원수가 200만 명에서 50만 명으로 떨어지게 되었다.

파시스트에 의한 권력 장악은 기정사실화되었고, 결국 그 해 10월 28일 나폴리에서 개최된 파시스트 전당대회에서 일단의 젊은 파시스트들이 군중에 의한 국가수립이라는 구호를 외치면서 로마로 진군하여 비오는 로마의 관공서를 무력 충돌 없이 점령하는 사태가 벌어졌다. '로마진군(La Marcia su Roma)'이라는 사건은 이렇게 발생했고, 밀라노에 있던 무솔리니가 30일 로마로 내려와 무혈입성함으로써 39세의 약관의 나이로 수상에 올랐고, 이로써 국가 전체를 파시스트에 의한 합법적 지배가 가능하게 하였다.

사회적 불만과 국민들의 통합을 위해 선택한 인종주의, 즉 반유대주의와 군비증강을 선택했던 독일과 달리 이탈리아는 반인종주의를 처음부터 선택한 것은 아니었다. 오히려 이탈리아에서의 유대인들은 파시즘의 체제 안에 귀속되어 있었고, 다양한 분야와 영역에서 이탈리아인들과 융합되어 살고 있었다. 국내적으로뿐만 아니라 대외적으로 독일과 이탈리아는 1930년대 중반까지만 하더라도 해외의 식민지 문제와 중간지대였던 오스트리아 등을 두고 많은 이해관계에 얽매여 있었기에 우리가 일반적으로 알고 있는 것처럼 우호적이거나 동맹관계 단계에까지는 이르지 못하고 있었다.

따라서 이 영화의 전반부에 그려진 모습은 바로 그러한 이탈리아의 상황을 고스란히 반영하고 있으며, 파시즘의 여러 모습들을 영상과 장면들을 통해 채워 넣고 있는 것이다. 전반부와 달리 후반부는 이탈리아가 국제적 상황에 따른 자연스런 귀결로 독일과 손을 잡으면서 베를린 - 로마 축이 형성되고 독일에 우호적인 정책으로서 반유대주의를 선택하게 되는 1937년 이후의 상황이다.

2.1.1. 파시즘 이데올로기로서 반유대주의와 국가주의

후반부는 파시즘 이데올로기로서 반유대주의가 가장 중요한 정치적 배경으로 설정된다. 무거운 주제를 코믹과 유머로 가볍게 다루는 감독의 기지와 재치가 돋보이기도 하지만, 상황의 변화와 전환이라는 배경 속에 반유대주의라는 인종주의를 다루면서 이탈리아의 파시즘은 어떤 역할을 했는가가 불분명하다.

파시즘을 이념적으로 하나의 개념이나 의미로 정의하기

가 쉽지는 않다. 상황이나 용도에 따라 파시즘은 여러 의미로 사용될 수 있기 때문에 이념적 성격분석의 한계가 존재한다. 또한 국가와 시기에 따라 당면한 현실의 문제들을 해결하는 과정에서 나타나는 경우가 많기 때문에 일반적 기준을 설정하기가 쉽지 않다. 이러한 점을 고려하여 체제나 제도적 특징에 기준하여 이념적 분석을 논하기보다는 파시즘이 배척하는 사상과 선호하는 주의를 중심으로 본질적으로 논의할 수 있는 몇 가지 특성을 살펴보면, 보통 3가지의 본질적 특성을 거론하는 것이 일반적인데, 비합리주의와 전체주의 및 군국주의가 그것이다.

비합리주의란 파시즘이 갖고 봉건적이고 고대적 성격의 반동주의 특징에서 연유한다. 파시즘은 먼저 민주주의적 모든 이념들을 싫어한다. 자유주의, 제도로서의 복수정당제, 천부인권, 인간의 존엄성, 평등 등의 사상을 태생적으로 싫어한다. 또한 이성적 사고에 의한 행동도 거부하고, 계급을 기반으로 하는 마르크스주의나 사회주의 등과도 친하지 않은 사상이다.

이성과 과학이라는 두 요소는 유럽 지성사의 가장 주요한 개념들임에도 불구하고 파시즘은 이 두 요소를 거의 무시하거나 부정한다. 오히려 고대적 개념인 신화를 신봉하고 장엄한 의식이나 절차를 통해 바로 그 신화를 갖는 것이다. 이와 같은 경향은 이성보다는 이성을 현실화하는 힘을 중시하게 되었고, 소렐적인 비합리적인 사상을 이념의 근간으로 삼게 되는 원인이 되었다.

두 번째로 무엇보다 파시즘은 집단과 전체를 최우선으로 하는 전체주의를 중시한다.

이탈리아의 경우 집단과 전체의 종합적 개념과 실체로서 국가를 내세우게 된다. 특히 이탈리아의 경우 지역적 분열과 대립이라는 오랜 역사적 배경이 존재했으며, 이를 극복하기 위해서는 보다 강력한 전체주의의 구현체가 필요했으니, 그것이 곧 국가였다. 따라서 이탈리아에서는 국가를 통한 전체적 이익과 목적 추구를 가장 중요한 통치 이념으로 내세운다. 이를 위해 세 가지의 근본적인 개념과 원칙이 도입된다. 보통 국가론, 엘리트주의, 조합국가 개념과 이론이다.

국가를 신화적 이상으로 국가의 질서 안에 국민들의 삶을 복속시킴으로써 이탈리아인들의 생활의 축으로 국가를 우상화했다. 국가유기체설을 활용하여 개개의 총합으로서 국가의 역할과 기능을 중시하였다.

이와 같은 국가에 대한 개념과 위상은 '국가는 현재일 뿐만 아니라 과거이기도 하며 더 나아가 미래의 모든 것이다'라는 무솔리니의 의도를 충분히 반영할 수 있는 것이었다. 무솔리는 이를 국가주의(Statismo)로 변형하여 발전시킴으로써 오랜 기간 국가를 중심으로 파시즘을 지속시킬 수 있었었다.

파시스트 체제 하에서 일반 시민들은 보다 나은 자들—엘리트—에게 복종하고 순종해야 하며, 이는 체제 유지의 주요한 규범이자 원칙이다. 동일한 목표를 향해 노력하는 엘리트들의 살아 있는 총체라는 지도자 개념은 지도자에 대한 절대적 복종과 충성을 가능케 하였다. 지도자가 곧 국가였고 국가를 지도자를 통해 구현된 것으로 인식했다.

세 번째로 파시즘이 주장하는 것은 민족주의적 군국주의이다. 여하한의 개인주의적 가치나 사고는 전체라는 커다란 집합적 대상을 위해 희생될 수도 있다는 것이 파시즘의 궁극적 논리이다. 이를 위해서는 비록 독재자나 일당독재와 같은 전체주의적 독재의 필요성을 인정한다는 것이다. 또한 소수의 몇몇 뛰어난 지도 그룹의 중요성을 강조하기 때문에 엘리트 이론이 구체적으로 현실화되어 나타나며, 이는 엘리트 정당론과 같은 현대 정치 이론의 토대가 되기도 한다.

이를 위해 선택한 구호가 단일민족과 단일인종이었다. 다양한 민족이나 구성원들의 인종적 다양성은 전체성을 해치는 커다란 해악이기 때문에 가능한 단일민족 또는 단일인종을 선호하게 된다. 이는 국가 구성의 단위가 민족이나 인종인 인류학적 측면이 강조됨으로써 계급을 구성의 기본단위로 삼는 마르크스주의나 프롤레타리아 사회주의 등을 배격하게 되는 것이다.

이탈리아에서 반유대주의가 만나고 개화된 시점은 바로 이러한 정치적 필요에 의해서였다. 앞서 이야기한 대로 독일과의 동맹으로 파시즘 체제의 유지와 성공을 위해서는 흩어진 국민을 모으면서 동시에 새로운 통합의 목적을 제시할 필요가 있었으며, 그것이 바로 반유대주의로 나타났다.

이 영화에서 나타나는 반유대주의가 영화의 주제나 배경에 그다지 중요한 요소로 다루어지지 않는 것처럼 보이는 것은 베니니 감독이 의도했던 의도하지 않았던 전쟁의 가해국이자 유대인 핍박의 주체였던 이탈리아를 희석시키기 위한 것일지도 모른다. 영화 속의 수용소를 관리하는 이들이 독일인으로 나오는 것도 그러한 의도의 일부일 수도 있다.

귀도가 수용소에서 아들과 1000점을 얻는 게임을 시작하면서 독일인 관리 병의 말을 해석할 때 보여 주는 모습이나, 독일인이 수용소를 버리고 도망가는 장면에 미국 탱크가 등장하는 장면은 이탈리아가 해방국의 의미를 전달하고자 하는 것이다. 영화 곳곳에 등장하는 이런 장면들은 이탈리아

파시즘 체제에 대한 보다 분명한 역사적 사실이 뒷받침되지 않는다면 영화에 대한 역사적 평가나 정치적 해석이 곡해되거나 오판될 가능성이 높다.

2.1.2. 정치적 역설과 숨겨진 정치

이 영화에서 가장 먼저 찾아볼 수 있는 정치적 역설은 영화에서 그려지고 있는 장면에 등장하는 요소마다 나타난 이탈리아의 당대 현실이다. 주인공 귀도가 일자리를 찾아 호텔을 경영하는 중부로 오는 장면은 당대 이탈리아 남부에서 일자리를 찾아 북으로 향하는 지역 간 격차의 문제와 남부 문제를 보여 주는 단면이다. 귀도가 서점 개설을 문의하기 위해 찾았던 관공서에서 비서와 귀도의 대화나 서기와 귀도의 대화 속에서 나타났던 행정 관료의 비효율성과 혈연이나 지연을 중시하는 권위적 태도 등은 오늘의 이탈리아에서 나타나는 비효율적 행정편의주의와 학연이나 지연 등에 얽매이기 쉬운 엽관주의나 연고주의의 그늘을 볼 수 있다.

장엄한 의식이나 규율을 중시하는 파시즘적인 문화가 초등학교 어린이들에게도 일상화된 모습, 파시즘이 시간의 경과를 통해 변천해 가는 모습도 생활 과정에 따라 잘 드러나고 있다. 남부 이탈리아의 해방이 미국이 주도하는 연합군에 의해 이루어진 역사적 사실도 수용소 마지막에 암시되어 있다. 생략하기 힘든 부분들이었지만, 그것이 유머와 풍자로서 그려지고 있다는 사실은 이 영화가 갖는 정치적 역설을 대비시켜 보여 주는 것이다.

1938~39년 사이에 시행된 반유대주의적 조처들은 단지 독일과 베를린의 동맹 축만으로 설명하기는 어려운 측면이 있는데, 특히 전통적으로 이탈리아와 독일 간에 흘렀던 적대적 관계와 반목과 갈등의 축이 영화에 전체적으로 등장하고 있다는 점이다. 이런 맥락에서 '나쁜 독일인'과 '좋은 이탈리아인'이라는 고정 관념을 은연중에 드러내고 있다는 사실은 이 영화가 갖는 정치성을 보여 주고 있음이다.

역사적으로 반유대정책의 실시를 결정하고 집행했던 주체로 이탈리아 정부의 역할 역시 작지 않았다는 사실에도 불구하고, 영화 속에서는 마지못해 그것도 수동적인 입장에서 반유대인정책을 수용할 수밖에 없는 모습으로 표현하고 있음은 베니니 감독의 계산된 고도의 정치적 이데올로기가 숨어 있다고 봐야 한다.

또한 미군에 의한 해방으로 종결되는 영화의 끝은 파시즘의 잔재를 청산하지 못했던 이탈리아의 정치적 상황을 고려한 것이었고, 이는 현재까지도 정치적 실체로 존속되고 있

는 신파시즘 정당에 대한 논란을 불러일으킬 수 있는 여지가 있다.[1]

2.2. 영화 〈살로 소돔의 120일〉과 파솔리니의 시

참고로 이탈리아 시인이자 영화감독인 피에르 파올로 파솔리니가 반파시즘의 의도를 극도로 나타낸 영화 〈살로 소돔의 120일(Salò or the 120 Days of Sodom)〉이 있다.

사드(Marquis de Sade)의 소설을 1944년 나치 치하의 이탈리아로 옮겨 파시즘의 광기를 적나라하게 영화화한 잔인하고 역겨운 영화이다.

파솔리니가 염세주의에 빠졌을 때 나온 이 영화는 극단적인 공포를 그리고 있다.

이탈리아 북부의 어느 지방에 모든 소년 소녀들이 잡혀오게 되고 그들은 짐승같이 사육된다. 매일 벌어지는 향연들과 세뇌교육, 끔찍한 전체주의의 지옥도가 펼쳐진다.

1990년대에 국내 대학가에서 시사회를 했다가 이 영화를 본 여학생들이 구토 증상을 보이는 등 일대 소동을 일으키기

---

1) 김종법, 『전쟁이 남긴 상처와 숨겨진 정치: 인생은 아름다워』, 286~300쪽 참고 및 발췌.

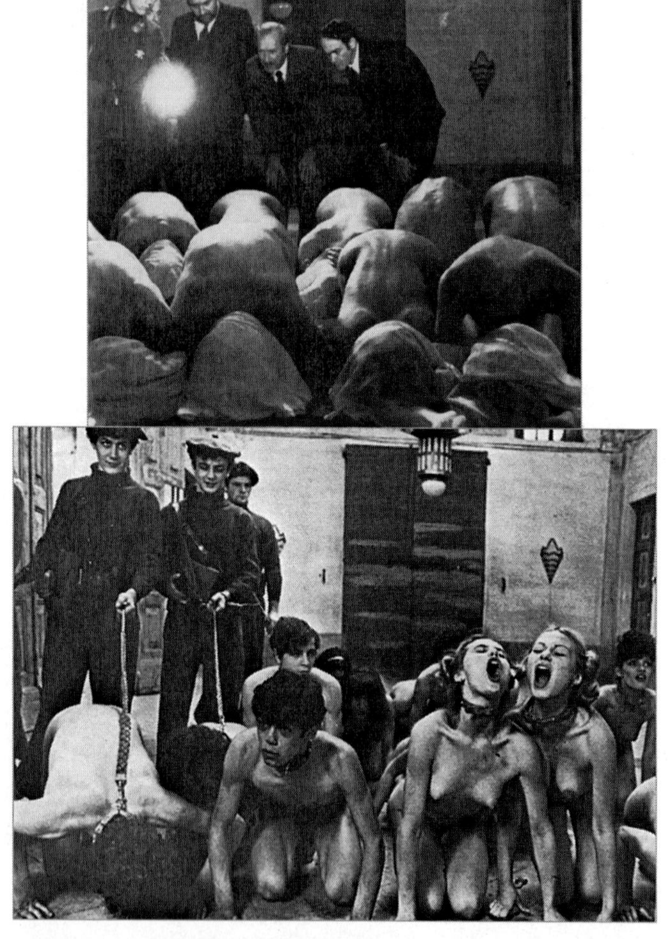

살로 소돔의 120일(Salò o le 120 giornate di Sodoma(Salò or the 120 Days of Sodom) directed by Pier Paolo Pasolini)

도 했다.

이 영화와 관련하여 파솔리니(Pasolini)의 시 「내 시대의 종교」의 일부를 인용하면 다음과 같다.

> 나는 죄를 짓지 조차 못 했네;
> 섹스라는
> 절망적인 선물이, 모두 연기(煙氣)되어
> 가버렸으니까:
> 그래서 나는
> 미친 사람처럼
> 선하다네.
>
> —「내 시대의 종교」에서

2.3. 영화 〈우크라이나에서 온 편지〉

영화 〈우크라이나에서 온 편지〉는 원제목이 〈모든 것이 밝혀졌다〉이다. 이는 이 영화의 원작의 제목이기도 하다. 이 영화는 소설 원작을 바탕으로 각색된 독립영화이다. 영화 속에서 숨은 나치의 만행과 나치즘의 치욕을 읽을 수 있다.

『모든 것이 밝혀졌다(Everything is Illuminated)』는 2000년

대 미국의 가장 논쟁적이고 독창적인 소설가 조나단 사프란 포어의 첫 소설이다.

제2차 세계대전 당시 자신의 할아버지를 학살로부터 구해 주었다는 여성을 찾기 위해 대학생 포어가 한 장의 사진을 들고 우크라이나로 가게 되는데, 자신의 여행기를 바탕으로 한 실화이다.

2.3.1. 역사의 폭력에 휩쓸려 버린 개인의 삶과 공동체의 역사

조나단 사프란 포어라는 미국인 청년이 누렇게 빛바랜 사진 한 장을 들고 우크라이나에 도착한다. 그를 맞이한 것은 엉성한 영어를 구사하는 여행 가이드 알렉스와 자신이 장님이라고 주장하는 운전사 알렉스(여행 가이드 알렉스의 할아버지), 그리고 연신 방귀를 뀌어 대는 발정 난 암캐 새미 데이비스 주니어 주니어. 조나단이 지구를 돌아 우크라이나까지 온 것은 2차 세계대전 당시 그의 할아버지를 나치로부터 구해 주었다는 미지의 여인을 찾기 위해서다. 할아버지의 고향인 트라킴브로드로 향하는 일행의 여정은 시작부터가 심상치 않다. 그 누구도 모르는 마을 트라킴브로드, 그 마을은 과연 존재하는 것일까? 존재한다면 거기선 대체 어떤 일이 벌어졌던 것일까?

조나단 사프란 포어(Jonathan Safran Foer)

1977년 워싱턴에서 태어나 프린스턴 대학교에 진학한 후 철학과 문학을 전공하고, 대학 4년 동안 해마다 학교에서 수여하는 문예상을 수상했다.

1999년 철학을 공부하는 대학 2년생이었던 포어는 빛바랜 사진 한 장만 들고 우크라이나로 여행을 떠난다. 이 여행은 2차 대전 당시 자신의 할아버지를 학살로부터 구해 주었던 한 여성을 찾기 위한 것이었지만, 결국 그는 그녀를 찾지 못한 채 돌아온다. 애초 그는 이 여행의 과정을 논픽션으로 집필하고자 계획하였으나, 여행 후 학교에 돌아와 조이스 캐럴 오츠의 강연을 들으면서 계획을 바꾼다. 포어의 문학적 재능을 눈여겨본 오츠는 우크라이나 여행 이야기를 소설로 쓰길 권했고, 대학 졸업과 동시에 첫 소설 『모든 것이 밝혀졌다(Everything is Illuminated)』(2002)를 완성한다. 그러나 출판사들로부터 이 소설을 출간하길 거절당하자 포어는 한동안 대필 작가, 영안실 조수, 수학 강사, 보석 판매원, 상점 점원 등으로 일하며 꾸준히 글을 써 낸다. 그 사이 그는 2000년 유명한 문학잡지인 『조트로프 올스토리(Zoetrope All-Story)』가 수여하는 소설상을 받았으며, 단편들이 『파리스 리뷰(Paris Review)』, 『뉴욕 타임즈』, 『뉴요커』 등에 실리기도 했다.

2년 후 첫 소설이 출판계에 화재를 뿌리며 출간에 성공하면서 포어는 '문학신동'이라는 찬사를 받는다. 누구도 돌아보기를 꺼리던 과거의 이야기를 실험적인 언어를 사용해 현재와 미래의 이야기와 함께 엮어낸 이 데뷔작은 전 세계 30여 개 언어로 번역되면서 『LA타임즈』가 선정한 '2002 최고의 책'으로 꼽혔고, 포어에게 〈가디언〉 신인 작가상과 전미 유대인 도서상을 안겨 줬다. 또한 이 작품은 2005년 리브 슈라이버가 감독하고 일라이저 우드가 주연을 맡은 영화로 제작되기도 했다. 현재 포어는 그의 아내인 니콜 크라우스와 함께 미국 문단의 주목 받는 작가로 자리를 잡았다.

조나단 사프란 포어(Jonathan Safran Foer)는 2000년대가 낳은 미국의 작가들 가운데 가장 논쟁적이고 독창적이면서 영향력 있는 인물로 꼽힌다. 첫 번째 소설 『모든 것이 밝혀졌다』(2002)의 발표 이후, 포어는 독자와 언론뿐만 아니라, 존 업다이크, 조이스 캐럴 오츠, 샐먼 루슈디, 이사벨 아옌데 등 많은 유명 작가들, 그리고 수전 손택을 비롯한 문학평론가들로부터 압도적인 찬사를 받았다. 『타임』지는, 포어의 데뷔작이 "천재의 작품"이며 포어가 "위대한 문학성을 당당히 보였으며, 이후에는 문학의 모든 것이 달라질 것"이라고 극찬한 바 있다. 이후 2005년에 발표한 소설 『엄청나게 시끄럽고 믿을 수 없게 가까운』은 포어의 두 번째 작품으로, 9.11사건을 배경으로 아홉 살짜리 소년 오스카의 이야기를 넘치는 에너지와 기발한 상상력, 그리고 다양한 방식의 시각적 효과를 동원해 그렸다. 이미 미국 문단에서 새로운 소설의 시대를 둘러싼 논쟁을 일으킨 바 있으며 전 세계적으로 그 문학적 힘을 인정받고 있다. 영국의 『런던 리뷰』는 "포어는 글을 쓰고 읽음으로써 이루어지는 소통의 힘을 믿는 보기 드문 작가이며, 동시에 그러한 소통의 한계를 시험하고자 하고 있다."라는 서평을 실었다. 포어는 첫 번째와 두 번째 작품 모두에서 유머와 섬세한 애정 그리고 두려움을 가지고 최근의 역사가 겪은 정신적 외상을 마주한다.

소설가 지망생 조나단이 재구성한 트라킴브로드의 환상적인 역사와 여행 가이드 알렉스가 조나단에게 보내는 어설픈 영어 편지, 그리고 일행이 여인을 찾아 떠나는 길에 일어난 일들을 담은 여행기가 과거와 현재, 현실과 허구를 연결하며 외면하고 싶었던 진실로 그들을 안내한다.

포어는 자신의 의지와 무관하게 역사의 폭력에 휩쓸린 개인의 이야기를 하고 있다.

이 소설은 세 개의 이야기를 축으로 구성되어 있다.

작가와 이름이 같은 주인공 조나단 사프란 포어가 할아버지의 생명을 구해 주었던 은인을 찾으러 우크라이나로 왔다가 알게 된 여행 가이드 알렉스와 주고받은 편지들의 모음이다. 즉, 그 편지의 내용 자체가 세 부분으로 구성되어 있다는 것인데, 알렉스가 조나단에게 보내는 편지와 그가 재구성한 여행기, 그리고 조나단이 쓴 할아버지의 고향 마을에 관한 소설이다.

이 세 가지 이야기는 현재와 과거, 현실과 허구, 안과 밖을 교묘하게 뒤섞으면서 연결된다.

어색한 영어로 서툴게 쓰인 알렉스의 여행기는 알렉스와 조나단, 알렉스의 할아버지 그리고 암캐가 만나는 순간부터 함께 트라킴브로드로 가서 사람을 찾기까지의 과정을 기록하면서, 이국땅에 와서 낯선 문화에 좌충우돌하는 조나단의 경험담과 함께, 판이하게 다른 세계에 속한 두 젊은이가 함께 여행하면서 차차 서로를 이해하게 되는 과정을 유쾌하게 그려낸다. 그리고 작품 속에서 그들이 함께했던 여행의 목적이 어떤 결과로 이어졌는가를 직접적으로 보여 주는 역할을 한다.

그리고 조나단이 자신의 7대조 할머니 브로드와 그의 할아버지 사프란, 그리고 우크라이나의 마을 트라킴브로드의 역사를 소재로 쓴 소설은 사실 여부와는 상관이 없는 허구의 이야기로 매우 환상적이고 초현실적이다. 이는 전쟁과 같은 거대한 역사와는 별개로 한 개인이 뿌리를 내린 삶의 이야기와 그가 속한 공동체의 역사가 존재함을 보여 주는 것처럼 보인다.

마지막 알렉스가 조나단에게 보내는 편지는 알렉스가 조나단에게서 받은 소설의 일부에 대해 논평을 덧붙이고 자신의 글에 대해 설명하는 것으로, 역사와 진실을 대하는 이 두 사람의 서로 다른 태도를 보여 준다.

할아버지를 구해 준 여인을 찾아 우크라이나로 여행을 갔던 작가 자신의 경험을 바탕으로 했기 때문인지, 이 소설 주인공의 이름은 조나단 사프란 포어이다. 따라서 독자는 작가가 직접 화자로 등장하는 1인칭 소설을 기대할 수 있겠으나,

이 책의 진짜 주인공은 사실 조나단이 아니다. 작품 속에서 알렉스가 포어를 두고 '주인공'이라고 지칭하긴 하지만, 조나단은 과거로 향하는 길을 시작할 계기를 마련할 뿐이고, 실제 주인공은 (뒤에 가서야 드러나지만) 알렉스의 할아버지인 알렉스, 혹은 역사에 희생당한 모든 이들이라 할 수 있다.

조나단과 알렉스 일행의 여행은 숨겨진 어두운 과거의 비밀을 향한 여정이다.

조나단의 목적지인 할아버지의 고향 트라킴브로드는 2차 세계대전 때 유대인 대학살 이후 흔적도 없이 파괴되어 지도에서조차 지워졌고, 유태인들의 죽음을 방조한 죄를 외면하고 싶은 우크라이나인들은 그 이름마저 기억에서 없애 버렸다. 사라진 마을 트라킴브로드를 찾아 힘겹게 한 발 한 발 옮겨 놓을수록, 그 어두운 과거에 깊이 연루되어 있으나 과거의 악몽을 다시 직면하고 싶지 않은 알렉스의 할아버지의 고뇌도 깊어진다.

이 과정을 돌이켜 회상하며 기록하는 알렉스는 '작가' 조나단에게 어째서 고통스러운 진실을 반드시 끄집어내야만 하느냐고, 추악한 현실을 아름다운 허구로 포장하여 고통을 덜어 주는 편이 더 낫지 않느냐고 따진다. 그의 질문은 문학의 역할과 의미에 대한 질문이기도 하다.

책 속에 실린 조나단의 소설은 알렉스의 질문에 대한 작가로서의 답이라고 할 수 있다. 사실을 최대한 있는 그대로 충실하게 기록하고자 하는 알렉스의 글과는 달리, 조나단의 이야기는 실제 인물과 역사를 가지고 진실과는 전혀 관계없는 순전한 허구를 꾸며 낸다. 그러나 알렉스의 여행기가 오랜 세월 그의 할아버지를 비롯한 수많은 사람들이 망각 속에 애써 묻어두었던 고통스러운 사실을 끌어내듯, 조나단의 허구는 알렉스의 사실주의로는 다 복원할 수 없는 개인의 삶과 내면의 이야기, 그리고 그것이 무너져 가는 과정에 다른 방식으로 접근한다.

허구보다 더 기막힌 현실을 환상적인 묘사를 통해 오히려 더욱 효과적으로 포착할 수 있다는 마술적 리얼리즘의 기법은 할아버지 사프란이 첫 번째 아내와 그녀의 배 속의 아들을 한꺼번에 잃게 되는 2차 세계대전 중 공습 장면의 묘사에서 압도적인 힘을 발휘한다. 트라킴브로드 상공을 불꽃으로 뒤덮고 축제를 한순간에 끔찍한 아수라장으로 만든 공습의 환상적인 묘사는 무차별적인 폭력의 참혹함을 극적으로 강조한다.

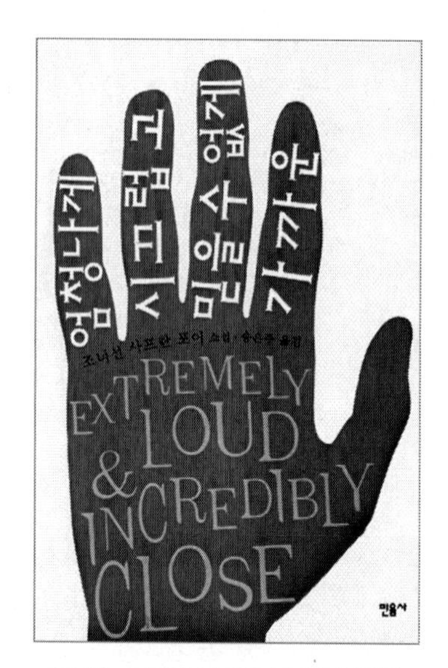

조나단 사프란 포어의 두 번째 작품
『엄청나게 시끄럽고 믿을 수 없게 가까운』

(원제: Extremely Loud & Incredibly Close, 송은주 옮김, 민음사, 2009)

출간 당시 이 책이 화제를 모았던 이유는 크게 세 가지다. 데뷔작 『모든 것이 밝혀졌다』로 미국 문화의 새로운 주요 작가로 부상한 조나단 사프란 포어의 두 번째 작품이라는 점이 그 첫 번째이고, 두 번째는 9.11을 다룬 소설이라는 점이었다. 그리고 세 번째는 잠시만 훑어보아도 금세 알 수 있을 만큼 실험적인 텍스트와 사진들 때문이었다. 기존의 소설에서도 볼 수 없었던 실험적인 시도들은 포스트모던 소설의 장을 본격적으로 열었다는 평을 받으며, 이 작품을 격렬한 논쟁의 중심으로 떠올렸다. 줄거리는 다음과 같다.
아마추어 발명가이자 탬버린 연주자이며, 셰익스피어의 연극배우, 보석세공사이면서 평화주의자인 오스카는 아홉 살이다. 그리고 그는 뉴욕 구석구석을 뒤져야 하는 매우 긴급하고도 비밀스러운 탐색을 수행 중이다. 그의 임무는 9.11 세계무역센터 폭파 사건 때 세상을 떠난 아버지의 유품 속에 있던 열쇠의 정체를 밝혀내는 것이다. 수사를 계속하는 과정에서 오스카는 저마다 슬픔을 가진 다양한 사람들과 만나게 된다. 그리고 오스카의 이야기는 사라져 버린 그의 할아버지와 오랜 세월을 고독과 싸우며 살아온 할머니의 이야기와 한데 얽히면서, 상실과 소통 불능, 기억 그리고 치유에 관한 보다 커다란 이야기로 나아간다.

유대인을 한 놈 찍어라 그러지 않으면 너를 유대인으로 간주하겠다……난 정말 죽는 게 무서워 난 정말 죽는게 무서워 난 정말죽는게무서워 난 정말죽는게무서워 내가 말했지 저 사람이 유대인이오 누가 유대인이냐 대장이 물었어 허셸은 내 손을 아주 힘껏 쥐었지 그는 내 친구였어 그는 나와 가장 친한 친구였지…… 하지만 나는 나고 내 아내는 내 아내고 내 아이는 내 아이야 내가 하는 말 이해하겠냐 나는 허셸을 가리키면서 말했다 저 사람이 유대인이오 저 남자가 유대인이라고요 제발 허셸이 내게 말했어 그는 울부짖고 있었어 저 사람들한테 말해줘 사실이아니라고 제발 엘리 제발 호위병 두 명이 그를 붙잡았어 그는 저항하지 않았지만 더 격하게 울면서 외쳤지 그들에게 말해 줘 유대인이 더는 없다고 더는유대인이없다고 네가 죽지 않으려고 나를 유대인이라고 했을 뿐이라고 해 줘 제발 이렇게 빌게 엘리 넌내친구잖아 날 죽게 내버려두지 말아 줘 난 정말 죽는 게 무서워 난정말죽는게무서워 괜찮을 거야 난 그에게 말했지 괜찮을 거야 이러지 말아 그가 말했어 어떻게든 해 줘 어떻게든 해 줘 어떻게든해줘 어떻게든 해줘 괜찮을 거야 괜찮을거야 내가 누구한테 그 말을 하고 있었던 건지 어떻게든 해 줘 엘리 어떻게든 해줘 난 정말 죽는게 무서워 난 정말 무서워 너도 그들이 무슨 짓을 할지 알잖아 넌 내 친구야 그 순간에 왜 그 말을 했는지 나도 모르겠지만 그렇게 말했다 호위병들이 그를 나머지 유대인들과 함께 회당에 집어 넣었어 그밖에 다른 사람들은 밖에 남아 아기들의울음소리와 어른들의울음소리를 들었고 나나 허셸 아니면 네 또래로밖에는 안 보이는 젊은이가 첫 번째 성냥에 불을 당기자 검은 불꽃이 일어나는 것을 보았지……아기가 울기 시작했단다 나는 이렇게 말했지 널 사랑한다 널 사랑한다 널 사랑한다 널 사랑한다 널사랑한다 널사랑한다널사랑한다널사랑한다널사랑한다

—『모든 것이 밝혀졌다』(민음사, 2009) 중에서[2]

2.3.2. 영화〈우크라이나에서 온 편지〉와 사프란 포어의 원작

〈지골로 인 뉴욕〉, 〈라스트 데이즈 온 마스〉, 〈레이 도노반〉 등에서 주연을 맡았던 리브 슈라이버의 감독 데뷔작이며, 〈반지의 제왕〉의 일라이저 우드가 주인공 포어 역을 맡았다. 조나단 샤프란 포어가 쓴 동명의 베스트셀러 소설을 각색한 작품으로, 작가 포어는 영화 초반부 묘지 장면에서 나뭇잎을 치우는 까메오로 등장한다. 유대인 학살이라는 무거운 주제를 다루고 있지만, 전통색 짙은 흥겨운 음악과 재치 있는 유머로 시종일관 영화의 재미를 살린다. 우크라이나

2) 띄어쓰기와 마침표가 생략된 것은 작가의 의도에 따른 것이다.

의 그림 같은 풍경도 이 영화의 또 다른 볼거리 중 하나다.

리브 슈라이버는 나오미 왓츠의 남편으로 알려져 있기도 한 반면 여러 영화의 조연급 이미지가 강한 배우다. 그의 아버지는 연극 배우였고, 어머니는 화가였다. 물론 부모가 리브 슈라이버가 어렸을 때 이혼하긴 했으나, 그의 할머니는 우크라이나 사람이었고 어머니는 우크라이나 피가 섞인 폴란드계 독일인이었다. 아버지는 오스트리아, 스코틀랜드, 스위스 피가 섞인 사람이었다. 헐리우드에는 유대인들이 많다. 리브 슈라이버도 그 많은 유대인들 중 한 사람이다. 우크라이나에서 온 편지에 대한 수많은 설명글처럼 이 영화는 위험한 시도를 하고 있다. 정치적으로 민감한 전쟁 상황 속 유대인 학살 드라마를 소재로 데뷔작을 만드는 것은 명백히 어려운 일이다. 극도의 휴머니즘을 앞세운 뻔한 드라마가 될 수도 있을 것이고, 그네들만의 이야기가 될 수도 있을 것이기 때문이다. 그런데 이런 염려는 영화를 본 후에 느끼는 신선한 충격에 다 사라지고 말았다. 그 무거운 소재를 유머와 위트로 위로해 주는 감독의 능력에 보고 또 다시 보고 싶은 영화로 만든 것이다.

프린스턴 대학에서 공부한 조나단 사프란 포어는 2000년대 미국이 낳은 화제의 소설가로 불리운다. 『엄청나게 시끄럽고 믿을 수 없게 가까운』이라는 소설로 국내 팬들에게도 익숙한 포어의 소설이 원작인 이 영화 속 주인공의 이름은 작가의 이름과 동일하며, 영화가 끝나면 엔딩 장면에 for alex라는 문구가 뜬다. 기억을 모은다는 이유로 자질구레한 핀셋이나 종이, 혹은 더 커다란 것까지 모으는 수집벽이 있는 미국인 조나단은 할아버지의 과거를 알기 위해 우크라이나로 향한다. 그곳에서 그가 만난 사람들로는 장님이 아니면서 장님 행세를 하는 괴상한 노인과 우크라이나 특유의 강세가 있는 영어를 말 하는 힙합 청년 알렉스, 그리고 특이한 새미 데이비스 주니어 주니어라는 암캐이다. 조나단은 할아버지의 기억을 찾아 여행을 떠났고, 알렉스의 할아버지는 과거와 마주한 뒤 만족스러운 죽음을 택한다.

리브 슈라이버가 영화배우에서 감독으로 첫 신고식을 하는 '의욕에 찬 영화'라는 점에서 뜻 깊은 작품임에도 불구하고, 오히려 너무나 과도한 것을 보여 주려 하지 않고 여백과 간결함과 생략법을 적절히 사용하고 있음에 주목할 수 있다. 유태인으로서 증명할 게 많았더라면, 아마 이 영화는 더욱 복잡해지고 더욱 휴머니즘에 뒤집어 쌓였을 것이다. 하지만,

그의 힘을 뺀 연출이 오히려 더 강하게 다가온다. 그는 예일 드라마 스쿨에서 공부할 때 각본가가 되고 싶었지만, 선생님의 권유로 배우가 되었다고 한다.

조나단 사프란 포어의 원작 『모든 것이 밝혀졌다』는 상업적 성공과 비평가들의 찬사라는 흔치 않은 결합을 맛본 놀랄 만큼 야심찬 처녀작이다. 주인공인 젊은 유대계 미국인 작가 조나단은 한 장의 빛바랜 사진만 가지고 할아버지를 나치에게서 구해 준 여인, 아우구스티네를 찾아 우크라이나로 떠난다. 소설의 대부분은 조나단이 가이드이자 통역자로 고용한 우크라이나의 십대 소년 알렉스에게 보낸 회고의 편지들로 이루어져 있다.

알렉스의 영어에 한계가 있고, 동의어 사전까지 잘못 사용하는 바람에 이 작품은 눈부신 언어 창조의 걸작이 되었다. 우스꽝스러운 실수를 연발하고 단어를 잘못 쓰기는 해도 알렉스는 바보가 아니며, 줄거리가 진행되면서 그 역시 통찰력과 위엄을 갖추게 된다. 이러한 편지들 사이에, 조나단의 조상들이 살았던 마을의 역사를 19세기 초의 그 시작부터 나치의 유태인 학살의 비극까지 회상하는 이상하고도 리얼리즘 스타일의 에피소드가 끼어든다.

『모든 것이 밝혀졌다』는 사실과 환상의 의도적인 융합이다. 왜곡된 번역과 운명의 장난, 부분적으로밖에 기억하지 못하는 대화, 깨지기 쉬운 우정, 그리고 상충하는 내러티브의 목소리를 통해 나타나는, 홀로코스트에 대한 대담한 시각이자 그 유산이다. 기억의 정치, 즉 과거와의 관계와 현재의 필요가 어떻게 타협하는가에 대한 깊은 성찰이기도 하다. 또한 오래된 비밀, 무지와 지성, 순진함과 경험, 속죄와 죄책감에 대한 소설이다. 이 작품은 떠들썩하게 우스꽝스럽고 고요하게 파괴적이다. 현대 소설의 새로운 거장이 도착했음을 알려주는 작품이다.

2.4. 영화 〈피아니스트〉

1939년 폴란드 바르샤바. 유명한 유대계 피아니스트 브와디스와프 슈필만은 한 인기 라디오 프로그램에서 쇼팽의 야상곡을 연주한다. 그러나 2차 세계대전의 불길이 한창 타올랐던 바로 그때, 슈필만이 연주하던 라디오 방송국이 폭격을 당한다. 유대인 강제 거주지역인 게토에서 생활하던 슈필만과 가족들은 얼마 가지 않아 나치 세력이 확장되자 죽음으로 가는 기차에 몸을 싣게 된다. 기차로 향하는 행렬 속에서, 평

영화 〈피아니스트〉의 포스터

폴란드 태생의 유대인 피아니스트 브와디스와프 슈필만(Władysław Szpilman)의 저서 『The Pianist』.
그것을 바탕으로 한 로만 폴란스키의 제2차 세계대전, 홀로코스트 영화, 폴란드에서 평화롭게 지내던 유대인 가족이 나치의 침공에 의해 해체되는 모습을 그렸다. 2002년 아카데미 감독상, 남우 주연상, 각본상을 수상하였으며, 칸 영화제 황금종려상을 수상했다.

소 슈필만의 능력에 호감을 가졌던 유태인 공안원이 그를 알아보고 제지한다. 가족을 죽음으로 내보내고 슈필만은 간신히 목숨만은 구한다. 몇몇 사람들의 도움으로 나치의 눈을 피해 숨어 다니며, 폭격으로 폐허가 된 어느 건물에 자신의 은신처를 만들게 된다. 그는 허기와 추위, 고독과 공포 속에서 마지막까지 생존을 지켜나갔다.

나치의 세력이 확장될수록 자신을 도와주던 사람들마저 떠나자 완전히 혼자가 되어 자신만의 은신처에서 끈질기게 생존을 유지한다. 어둠과 추위로 가득한 폐건물 속에서 은신 생활 중, 슈필만은 우연찮게 순찰을 돌던 독일 장교에게 발각되고 만다. 한눈에 유태인 도망자임을 눈치챈 독일 장교는 슈필만에게 신분을 대라고 요구하자 슈필만은 자신이 피아니스트였다고 말한다. 한동안의 침묵 속에 독일 장교는 슈필만에게 연주를 명령한다. 어쩌면 지상에서의 마지막 연주가 될지도 모르는 그 순간, 슈필만은 온 영혼을 손끝에 실어 연주를 시작한다.

2.4.1. 히틀러의 등장과 정치적 신념

히틀러는 1889년 오스트리아와 독일의 경계선에 있는 브라우나우에서 태어났다. 아버지는 히틀러가 14살인 1903년

심장마비로 사망하였으며 어머니도 1907년 유방암으로 세상을 떠나 히틀러는 20살이 되기 전에 아버지와 어머니를 모두 여의었다. 이후 화가 지망생이었으나 꿈을 이루지 못한 히틀러는 오스트리아를 떠나 독일 빈에서 생활하였다. 히틀러가 빈에서 생활하던 기간 중 그의 독일 민족주의와 반유태사상이 확고해 진 것으로 평가 되고 있다. 1914년 제1차 세계대전이 발발하자 히틀러는 오스트리아 국적을 가졌음에도 불구, 독일연방제국 내의 바이에른 군대에 지원하여 독일군으로 참전하여 1918년 장교가 아닌 상등병 신분으로 1급 철십자 훈장을 받았다. 당시 히틀러는 독일 패전의 이유가 유태인들과 공산당원들의 배반으로 믿었다.

1919년 히틀러는 독일 노동당에 입당한다. 히틀러는 신생 정당인 독일 노동당에서 두각을 나타내며 1920년 당의 선전 활동 책임자가 된다.

당시 히틀러는 청중들의 감정을 자극하고 그들을 선동할 수 있는 효율적인 방법을 터득하여 스스로 확립해 나갔다. 그는 후에 독일 노동당을 장악하여 당(이후 독일 노동당은 나치당으로 불리게 된다)의 총통이 되어 1923년 11월 바이에른 정부를 전복시키기 위한 쿠데타를 시도하였으나 실패, 란츠베르크 감옥에서 수감 생활을 하였다. 이 시기 히틀러 자신의 선언서이자 자전적 일대기인 『나의 투쟁』을 집필한다. 쿠데타의 실패로 와해 위기까지 갔던 나치당은 1929년 대공황의 여파로 경제적 사정이 악화되는 상황에서 노동자들의 성원에 힘입어 1930년 9월 선거에서 의회의 107석을 차지하는 놀라운 성과를 거두었다. 이를 기반으로 히틀러는 연립정부의 총리직을 차지하고 정치테러를 이용하고 군부를 장악하며 제 3제국을 건설해 나갔다. 비밀경찰인 게슈타포에 의해 독일 전체가 감시되었던 제 3제국은 경찰국가이자 전체주의 국가였다.

1934년 힌덴부르크 대통령이 사망하자 히틀러는 대통령직과 총리직을 병합하여 스스로 국가원수이자 군부의 최고통수권자로서의 자리를 차지하고 개인적 권력을 극대화하였다.

2.4.2. 히틀러와 나치의 반(反)유태주의

히틀러의 반유태주의 사상은 1920년대 간행된 『나의 투쟁』에 명확히 나타나 있다. 히틀러의 주장에 의하면 우수한 아리아인과는 정반대되는 인종이 유태인이다. 히틀러는 유태인들이 인류의 타락과 혼혈에 가장 큰 책임이 있는 인종이며, 동시에 문화를 창조할 수 없어 항상 남의 것을 빌려 쓰는 열등한 인종이라고 주장한다.

또한 유태인들은 공동사회를 지향하는 인종이 아니며 가장 이기적인 존재들로서 자신의 이익만을 추구하기 때문에 인류사회에 전혀 도움이 되지 않을 뿐만 아니라 오히려 해악을 끼친다고 비난하였다. 그 증거로서 유태인들은 중세에는 상업행위로 부를 축적하였고, 근대로 넘어오면서는 자유주의 부르주아의 후원자 역할을 하였고, 또 현대에 이르러는 프롤레타리아를 이용하여 국가의 정치와 경제를 지배하려는 음모를 지니고 있다고 비난하였다.

2.4.3. 독일의 폴란드 침공과 유태인 말살정책

1939년 9월 1일 독일은 폴란드 내 독일 소수 민족이 박해받고 있다는 구실을 내세워 폴란드를 침공하였다. 물론 이러한 주장은 근거가 없는 것이었으며 실제적인 이유는 독일이 동유럽을 지배하기 위해서는 폴란드를 먼저 점령해야 한다는 전략상의 필요 때문이었다. 이틀 후인 9월 3일 프랑스와 영국은 독일에 선전포고를 하나 영국과 프랑스의 선전포고는 독일에 대항하는 군사적 행동은 없이 외교적인 제스처로만 발표된 것이었다.

결국 폴란드는 우방국의 도움 없이 홀로 독일과 맞서야 했으나 병력과 장비면에서 미약했던 폴란드는 독일군의 수

중에 들어갈 수밖에 없었다.

독일이 폴란드를 공격한 지 14일 후 소련 군대도 폴란드를 향하여 진격해 왔다. 그 배경에는 히틀러와 소련의 스탈린 간 폴란드를 분할하여 나누자는 비밀협정이 있었다.

소련이 폴란드를 침공하며 내세운 명분은 폴란드 내의 동슬라브인을 보호한다는 것이었으나 실제 목표는 1917~1921년 사이에 폴란드에 잃었던 옛 소련의 서부 영토를 회복하고 나아가 폴란드 영토까지 점령하는 것이었다.

폴란드를 점령한 히틀러는 1939년 10월 6일 새로운 폴란드 국가의 건설을 발표하였다. 그러나 실제 의도는 폴란드를 독일 제국의 식민지로 만드는 것이었다. 독일이 점령한 폴란드 영토에는 약 2100만 명의 인구가 살고 있었고, 소련이 점령한 지역에는 약 1200만 명의 주민이 살고 있었다. 독일의 점령 이후 유태인들은 바르샤바, 우치, 크라쿠프 등 주요 도시에 폴란드인들과 격리되어 설치된 유태인 게토에 수용되었다. 게토에서 유태인들은 인간 이하의 취급을 받으며 강제 노동에 동원되었으며, 나중에는 아우슈비츠와 트레블링카 등으로 이송되어 집단 학살되었다. 바르샤바 유태엔 게토로부터는 하루에 1만 명 정도씩을 유태인 수용소로 이송하여 집단 학살 하였다고 한다. 그 결과 나치의 점령 기간 중 폴란드 내 유태인의

90%에 달하는 약 300만 명이 집단 살해된 것으로 알려져 있다.

2.4.4. 영화가 말하는 인간과 정치

과연 슈필만을 포함한 우리 인간들에게 정치란 어떤 의미를 지니는 것일까? 영화에서 보여 주는 사실에 근거하여 보면 전쟁이 발발하기 전 슈필만에게 정치는 별다른 관심의 대상이 되지 못하였다. 그에게 가장 의미 있는 것은 음악이었고, 전쟁이 발발한 후에도 가족의 생계를 책임지는 것과 자신의 생명을 유지하는 것이 가장 시급한 관심사였다. 정작 그의 삶을 뒤집어 놓은 사건과 상황은 당시의 국내외적인 정치적 상황이었다. 우리가 정치에 대해 관심을 자지던 가지지 않던 정치적 상황의 변화는 개인의 삶뿐만 아니라 사회나 국가, 그리고 인류 사회 전체에 심대한 영향을 미칠 가능성을 지니고 있는 것이다. 그러한 점에서 본다면 우리들은 정치에 대해, 지도자에 대해, 그리고 사회 구성원들의 인식과 가치관에 대해 관심을 가지고 진지하게 대처해야 한다.

다음의 질문은 국가와 국가 사이의 전쟁이 개인의 삶에 미치는 영향은 무엇이며, 왜 우리는 그러한 전쟁을 미리 예방할 수 없는 것인가? 영화에서 나타나듯 전혀 예측하지 못하였던 전쟁 상황이 각 개인과 가족, 그리고 유태인과 폴란드인들에게 끼친 해악은 상상을 초월하는 것이었다. 그러한 부정적인 전쟁의 폐해를 알면서도 이를 예방하지 못하는 이유는 단순히 '인간의 이기심'과 대중들의 어리석음 때문이다. 여기에서 인간의 이기심은 상대방보다 내가 더 좋은 것을 차지해야 하고, 나의 이익을 위해서는 타인의 희생을 대수롭지 않게 여기는 인간의 마음을 의미한다.

히틀러와 나치세력이 지니고 있던 가치관과 신념, 반유태주의 사상은 당시 독일의 어려운 상황을 독일 내의 유태인 탓으로 돌려 국면의 전환을 꾀하고자 한 사악한 지도자와 그의 동조자들에 의해 날조된 것이었으나 대다수 독일 국민들은 사악한 소수 지배자들의 이러한 시도에 수동적 방조자로 남아 있었고 결국 인류 최대의 비극적인 상황이 벌어지게 된 것이었다.

제2차 세계대전 중 유태인들이 겪었던 비극을 되돌아보면 국가적 폭력 앞에 개인이나 집단이 얼마나 무기력할 수밖에 없는 지를 새삼 깨닫게 된다. 더욱이 무방비 상태로 있는 다수의 피해자들은 폭력과 무력을 갖춘 조직적인 소수 앞에 한없이 무력할 수밖에 없는 것이다. 나치와 같은 전체주의 체제 하에서 개인의 삶은 인간다운 대우는 말할 것도 없고 가장 기본적 인권인 생명의 보존에 대한 권리조차도 무참히 짓

밟힐 수밖에 없음을 역사의 경험을 이야기해 주고 있다.[3)]

〈피아니스트〉는 거대한 스케일과 완벽한 역사현장의 재현을 자랑하는, 근래 보기 드문 작품이다. 제2차 세계대전이라는 인류역사상 거대했던 전쟁을 배경으로 한 이 작품은 독일, 폴란드, 영국 등 전 유럽대륙의 노련한 노하우와 장인정신이 완성시킨 대서사시이다. 총 제작비 3천 5백만 달러(약 420억 원), 1천 명이 넘는 스텝과 연기자, 그리고 엄청난 크기의 촬영세트가 이 영화를 위해 준비되었다. 〈쉰들러 리스트〉로 오스카를 수상한 세계적 프로덕션 디자이너 알란 스타스키는 수개월의 사전조사와 준비를 통해 1930~40년대의 유럽을 21세기에 다시 세웠다. 그러나 〈피아니스트〉가 단지 대작영화의 장점만을 지녔다면 유사한 다른 영화가 주는 오락적 재미만을 선사했을지 모른다. 이 영화는 CG나 얄팍한 영상 스타일을 배제하였다. 감독 폴란스키는 거짓으로 화려하게 꾸며진 영화가 아닌, 제작부터 진솔한 인간의 땀을 사용함으로써 강요된 감동이 아닌, 마음속에서 우러나는 격정적인 눈물을 이끌어내고자 했고 그것은 성공했다.

---

3) 서경교, 『피아니스트: 정치변동을 통해 본 인간의 존재』, 263~272쪽 참고 및 발췌.

완벽주의자로 유명한 폴란스키 감독은 주연 배우를 찾기 위해 유럽에서 미국까지 샅샅이 다녔다. 그는 슈필만과 외모적인 흡사함이 아닌 이미지의 일체를 가져다 주는 배우를 원했다. 영국에서의 대규모 오디션도 폴란스키에게 만족스런 배우를 가져다 주지 못했으나 미국까지 배우영역을 확장시킨 폴란스키는 마침내 애드리언 브로디를 발견하고 기쁨을 감추지 못했다. 〈빵과 장미〉, 〈씬 레드 라인〉에서 연기력을 펼친 브로디는 미국인임에도 불구하고 전시의 공포에서 살아남는 폴란드 예술가 슈필만의 감정을 세심하게 연기해내었다. 한편, 폴란스키는 주연뿐만 아니라 잠깐 스치는 보조연기자에게도 완벽함을 원했다. 그는 반세기 전 폴란드, 유대인, 독일인들의 느낌을 그대로 전달할 수 있는 보조연기자들을 수천 명의 인터뷰와 사진촬영 등을 통해 캐스팅하였다. 특히 독일 나치군을 연기한 배우들은 감독조차 다시 한 번 유년시절의 공포를 경험하게 할 만큼 섬뜩한 분위기를 던져내었다.

2.4.5. 원작과 영화의 차이점

원작과 영화는 전반적인 스토리 라인은 매우 유사하다. 슈필만이라는 개인의 모습을 지속적으로 보여 주며 그의 생존일지가 주된 내용을 이룬다. 비록 슈필만이 사모한 폴란드 여인이 원작에는 등장하지 않지만, 독일군이 유대인을 학대, 학살하는 장면이나 폐허가 된 게토에서 홀로 고통을 견뎌가는 슈필만에 대한 묘사 등이 충실하게 영화로 표현되었다.

하지만 원작과 영화는 큰 틀에서 빗나가고 있다. 이는 갈등 관계의 설정인데, 원작은 독일군의 만행 외에도 폴란드인, 유태인, 우크라이나인, 리투아니아인 등 다양한 민족들이 전쟁 중에 만행을 저질렀음을 지적하고 있다.

특히 독일군을 묘사할 때에는 사람이 행한 행위에 비중을 두는 반면 폴란드인, 유태인, 우크라이나인 등이 만행을 저지를 때에는 행위보다 그 사람에 중점을 두고 있다. 하지만 영화에서는 독일군의 만행의 비중이 크고 도중에 유태인 앞잡이 몇 명을 넣기는 하지만 제3의 다른 민족이 언급되지 않는다.

슈필만은 그가 죽지 않고 살 수 있었던 것은 오로지 행운이었음을 알고 있다. 그중 가장 큰 행운은 호젠펠트라는 독일 장교를 만난 것이다. 목숨을 살려준 선한 독일군이 존재했기 때문에 자신이 산 것이다.

하지만 영화는 그가 피아니스트이기 때문에 갖게 되는 혜택을 곳곳에 설치해 놓고 있다. 원작은 호젠펠트가 인간적으로 선한 사람이기 때문에 슈필만에게 호의를 보인 것이지 영화처럼 호젠펠트가 슈필만의 연주에 감동 받아 그에게 호의를 베푼 것이 아니다.

이처럼 영화는 원작이 갖고 있는 단순한 설정을 견뎌내지 못하고 극적으로 희화시키는 데만 치중하면서 결국 원작에 충실하지 못했다.

시와 이데올로기

1. 이데올로기(Ideologie)와 시 읽기

이데올로기란 철학적으로 사회 집단에 있어서 사상, 행동, 생활 방법을 근본적으로 제약하고 있는 관념이나 신조의 체계. 역사적·사회적 입장을 반영한 사상과 의식의 체계이다. 또한 '이념'으로 순화되기도 한다.1)

비슷한 말로 관념 형태라고도 불리운다. 원래는 프랑스 혁명에 뒤이어 나타난 관념학(idéologie, 그 대표자는 데스튀 드 트라시)에서 유래했지만, 오늘날에는 마르크스주의의 용어

1) 네이버 국어사전

로 이해되고 있다. 이것에 의하면 사회적 의식에 있어서 절대적으로 명확한 형태를 갖고 나타나는 것, 종교·철학·예술·도덕 또는 정치·법률·경제상의 여러 견해를 말한다. 이데올로기는 궁극적으로는, 사회의 경제적 여러 관계, 즉 토대의 규정을 받고, 이것을 관념상으로 반영한 상부구조이다. 따라서 계급사회의 이데올로기는 토대의 생산관계를 반영하고, 계급성을 띠면서, 하나의 형태로가 아니라 대립적인 것으로서 나타나고, 계급투쟁의 일환으로서 이데올로기 투쟁이 불가피하게 된다.

이 대립에서는 물질적 생산수단을 소유하는 지배계급의 이데올로기가 지배적으로 되는 것이 보통이다. 그러나 사회의 혁명적 변혁과 동시에 종래 지배하여 왔던 낡은 이데올로기의 각종 형태는 급속히 또는 서서히 붕괴한다. 이 경우, 토대에 가장 직접적으로 연결된 정치·법률 등의 여러 체계는 급속히 붕괴하지만, 이것들보다 거리를 두고 있는 도덕이나 예술 이데올로기의 붕괴는 완만하게 진행한다. 이데올로기의 성립·발전은 토대로부터 규정받고 있지만, 여기에서 보여지는 것에서 판명되는 것처럼, 토대에 대해 상대적인 독립성을 갖고 있고, 그것은 과거의 그 영역에서의 성과를 물려받거나 부정하거나 하는 것에 의해 성립하며, 이와 같은 그 영역에서의 발전관계를 띠면서 성립하는 이데올로기는 그때의 사회적·경제적 여러 관계, 토대로부터 규정을 받는 것이다.

그리고 상부구조로서 이와 같이 성립되는 이데올로기는 그 성립 후에, 토대에 대하여 반작용을 하게 되고, 토대를 강화하는 역할을 맡게 되며, 또 그것의 변혁을 촉진하는 작용으로도 기능한다. 그것은 정신 활동을 통하여 행동하는 인간을 움직이게끔 작용하기 때문이다. 더욱이 이데올로기가 사회적인 객관적 사태에 규정된 반영임을 망각하고, 이 정신의 산물에 독립적인 지위를 부여하는 견해는 허위이고 잘못된 의식이며, 이러한 의식을 기초로 하여 생각된 관념의 조직을 특히 이데올로기라 부르는 경우도, 마르크스주의의 창시자들의 용어 속에서 보여진다.

문학은 언어로 되어 있다. 그러나 그 언어는 결코 진공상태에 놓여 있는 언어가 아니다. 언어는 생활 속에 깊이 얽혀든 채, 수많은 가치평가를 이미 자신 속에 담고 있다. 언어는 단순히 기호와 의미의 결합이 아니라, 그 결합을 바탕으로 자신만의 독특한 이데올로기를 행사한다. 특히 함축의 언어로 구성된 시 작품들 속에서 이데올로기를 읽어볼 수 있다.

자고 새면
이변을 꿈꾸면서
나는 어느 날이나
무사하기를 바랐다

행복되려는 마음이
나를 여러 차례
죽음에서 구해 준 은혜를
잊지 않지만
행복도 즐거움도
무사한 그날 그날 가운데
찾아지지 아니할 때
나의 생활은
꽃 진 장미넝클이었다

푸른 잎을 즐기기엔
나의 나리가 너무 어리고
마른 가리를 사랑키엔
더구나 마음이 애띠어

그만 인젠

살려고 무사하려던 생각이

믿기 어려워 한이 되어

몸과 마음이 상할

자리를 비워 주는 운명이

애인처럼 그립다.

— 「자고 새면」 전문[2]

1920년대부터 1940년대까지 진보적 문학운동의 중심에서 있었던 만큼 임화는 근대문학사에서 중요한 위치를 차지하고 있다. 우선 시와 비평, 그리고 문학사 서술에서 임화는 당대의 가장 문제적인 성과를 남겼다. 1929년부터 창작하기 시작한 이른바 단편서사시는 우리 시사에서 리얼리즘적 방향을 새롭게 개척한 성과로 평가되며, 1930년대 후반에 쓰여진 서정시들 역시 당대의 암담한 현실에서 진보적 지식인이 체험한 가장 전형적인 정신적 고양의 순간을 담고 있다. 임화의 비평활동 역시 과학적인 문예이론의 수립이라는 점에서 한국근대문학에 큰 역할을 한 것으로 평가된다. 특히 임

---

2) 임화, 「자고 새면: 벗이여 나는 이즈음 자꾸만 하나의 운명이란 것을 생각고 했다」, 『다시 네거리에서』, 미래사, 1991.

화가 한국문학에서의 근대의 문제를 깊이 있게 인식함으로써, 문학사 서술과 문학이론의 수립에 과학성과 역사성을 부여한 것은 가장 중요한 이론적 성취라 할 만하다.

한국에는 미남 시인의 계보가 있다 하는데, 언어를 표현의 매개로 사용하는 시인에게 얼굴이 무슨 소용일까 싶지만, "보기 좋은 떡이 먹기도 좋다"는 속담이 있는 것을 보면 외모를 따지는 것은 이미지를 소비하는 지금만의 세태는 아닌 듯하다. 그런 꽃미남 계보의 시조이자 정점에 놓아야 할 시인이 있다면 우리는 동양의 루돌프 발렌티노란 별명을 지녔던 임화를 제외할 수 없다.

굴절 많은 남북한 문학사를 통틀어서도 가장 극적인 생애를 살았던 시인, 임화.

다다이즘으로 출발해서 마르크스주의 문학운동의 핵심이론가 중 한 사람이 되었던 시인이자 영화배우, 문학평론가이자 혁명가를 꿈꿨던 임화는 박헌영을 따라 월북했으나 월북 이후 그의 문학적 행적은 거의 드러나지 않는다. 다만 한국전쟁 시기에 월북 작곡가 김순남과 함께 인민항쟁가에서 그의 흔적을 찾아보기도 한다.

하지만 그는 한국전쟁 말엽이던 1953년 진행된 숙청작업에 밀려 박헌영을 비롯한 다른 남로당계 인사들과 함께 수감

임화(1908~?)

본명은 임인식(林仁植). 필명은 성아(星兒), 쌍수대인(雙樹台人). 1908년 10월 13일 서울 출생이다.
1925년 보성중학교를 중퇴하고 1926년부터 시, 수필 등을 발표하면서 문단에 등장했다. 문학활동 초기에는 다다이즘에 경도했지만, 1927년 카프(KAPF)에 가입하면서 다다이즘으로부터 탈피, 계급문학으로 전향했다. 1929년 「네 거리의 순이」, 「우리 오빠와 화로」 등 이른바 '단편서사시'를 발표하면서 일약 대표적인 프롤레타리아 시인으로 부상했다. 이후 일본 유학을 다녀온 뒤인 1931년경부터 카프의 주도권을 장악했으며, 1932년부터 카프가 해산되는 1935년까지 카프의 서기장 직을 맡았다.
카프 해산을 전후하면서 기존의 계급문학론의 한계를 극복하기 위해 치열한 이론적 노력을 기울여, 리얼리즘론, 소설론 등의 분야에서 뛰어난 성과를 남겼다.
또한 우리 근대문학 발전과정의 합법칙성을 규명하려는 목적으로 신문학사 연구에도 착수, 『개설 신문학사』(1939~1941)를 저술했으며, 그와 함께 우리 근대문학 발전의 특수성을 '이식을 통한 새로운 전통의 창조'로 이론화한 이른바 '이식문학사론'을 제출하기도 했다. 시에서도 초기의 '단편서사시'에서 벗어나, 일제의 탄압이 강화되어 가던 당대의 민족적 운명과 그 초극의 의지를 노래한 서정적 경향의 시를 많이 창작했다. 이 시기의 이론·비평적 성과는 평론집 『문학의 논리』(1940)에 수록되어 있으며, 시적 성과는 『현해탄』(1938)에 주로 수록되어 있다.
광복 직후 계급문학론을 부정하고 반제 반봉건을 중요 이념으로 하는 민족문학론을 새롭게 제기했으며, 문학운동의 통일전선적 조직인 조선문학가동맹을 결성하고 지도해 나갔다. 또 박헌영의 남조선노동당 계열의 문화부문 통일전선체인 조선문화단체총연맹을 조직하는 데 주도적으로 참여하고 그 부위원장을 맡는 등 활발한 정치활동을 벌였다.
1947년 제2시집 『찬가』를 간행하고, 같은 해 4월 『현해탄』의 재판인 『회상시집』을 내는 등 시작 활동도 계속했으나 좌익활동에 대한 탄압의 강화로 월북함으로써 남한에서의 활동은 마감했다.
북한에서도 해주 제일인쇄소에 근무하면서 남로당의 문화활동을 주도했다. 1950년 한국전쟁 때는 서울에 와서 조선문화총동맹을 조직하고 그 부위원장을 맡았으며, 전선문고로 제3시집 『너 어느 곳에 있느냐』를 출간하는 등 왕성한 활동을 계속했다.
하지만, 전쟁이 끝날 무렵인 1953년 8월 남로당 숙청과 관련하여 '조선민주주의인민공화국 정권 전복 음모와 반국가적 간첩 테로 및 선전선동 행위에 대한 사건'으로 사형을 언도받고 처형되었다고 한다.
임화와 관련된 사망년도는 자세히 알 수 없다. 남로당 숙청과 관련되어 1953년 함께 처형되었다는 설과, 중국으로 망명되어 이후 문필활동을 하다 사망했다는 설도 있어 사망년도에 대해서는 '?'로 남겨두는 게 맞다.

된다. 그는 수감 당시 끼고 있던 안경을 깨뜨려 그 파편으로 동맥을 끊고 자살하고자 했으나 실패하고 결국 1953년 8월 6일 군사재판에 회부되어 미국을 위한 간첩 혐의로 사형을 선고 받고 총살당한다. 이때 함께 총살당한 이들은 김남천, 이승엽, 이원조, 이강국, 설정식 등이었다고 한다. 당시 그의 나이 45세였다.

시대를 잘못 만난 탓이었을까, 그의 유약함 때문이었을까. 프롤레타리아 문학혁명을 꿈꾸었으나 일제의 탄압에 굴하여 친일 행적을 보이기도 했던 임화였다. 지병이던 폐결핵으로 인해 나이 갓 40을 넘겼을 때 이미 머리카락은 하얗게 새어 버렸다고 한다. "자고 새면 이변을 꿈"꾸었던, 불량한 시대의 불온한 모던보이, 임화. 애인처럼 그리운 운명이, 아니 그토록 그리던 이데올로기의 화신이 그를 배신했으니 이 무슨 운명의 장난인가!

신새벽 뒷골목에
네 이름을 쓴다 민주주의여
내 머리는 너를 잊은 지 오래
내 발길은 너를 잊은 지 너무도 너무도 오래
오직 한 가닥 있어

타는 가슴 속 목마름의 기억이
네 이름을 남몰래 쓴다 민주주의여.
아직 동트지 않은 뒷골목의 어딘가
발자욱 소리 호루락소리 문 두드리는 소리
외마디 길고 긴 누군가의 비명소리
신음소리 통곡소리 탄식소리 그 속에 내 가슴팍 속에

깊이깊이 새겨지는 네 이름 위에
네 이름의 외로운 눈부심 위에
살아오는 삶의 아픔
살아오는 저 푸르른 자유의 추억
되살아오는 끌려가던 벗들의 피묻은 얼굴
떨리는 손 떨리는 가슴
떨리는 치떨리는 노여움으로 나무판자에
백묵으로 서툰 솜씨로 쓴다.
숨죽여 흐느끼며
네 이름을 남 몰래 쓴다.
타는 목마름으로
타는 목마름으로
민주주의여 만세.

— 「타는 목마름으로」 전문(1982)

김지하의 시 「타는 목마름으로」의 주제는 '민주주의에 대한 갈망과 애타는 기다림'이다.

1연에서 순수와 자유의 생명이 탄생하는 시간인 '신새벽'과 이것이 감추어지고 그늘진 공간인 '뒷골목'의 의미 구조가 첫행에 표현됨으로써 민주주의의 새 아침을 기다리는 신념이 드러나 있다. 가슴속에 목마른 기억으로만 남아 있는 민주주의라는 이름을 이른 새벽 뒷골목에서 남 몰래 써야 한다는 시적 상황 속에 당시의 현실이 선명하게 집약되어 있다.

2연은 여러 가지 소리의 중첩을 통해 이 시대의 공포와 고통을 날카롭게 드러낸다. '발자욱 소리'에서부터 '탄식 소리'에 이르기까지 아무런 구체적 사건의 서술이 없지만, 오히려 소리들 사이에 있는 무서운 사태가 독자들의 상상 속에서 생생하게 떠오르도록 한다. 이 작품의 화자(話者)는 험한 상황에서의 분노와 비통함으로 흐느끼면서 뒷골목의 나무판자에 '민주주의여 만세'라고 쓴다. '뒷골목'에서 "숨죽여 흐느끼며 / 남 몰래 / 타는 목마름으로" 민주주의 만세를 쓸 수밖에 없는 이 대목은 그 어떤 산문적 서술보다 뚜렷하게 당시의 정치적 현실을 증언하면서, 그것을 넘어서고자 하는 비장한 결의를 보여 준다.

김지하(1941~)

전남 목포 출생. 1966년 서울대 문리대 미학과 졸업. 1969년 「비」, 「황톳길」, 「가벼움」, 「녹두꽃」, 「들녘」 등을 『시인』에 발표하며 등단하였다. 1975년 아시아, 아프리카 작가회의 로터스(LOTUS)상, 1981년 국제시인회의(POETRY INTERNATIONAL)의 〈위대한 시인상〉을 수상하였다.

김지하의 시는 원초적 삶을 영위하는데 저해되는 현실을 강렬한 언어로 비판한다. 고통을 감내하면서도 체념에 떨어지지 않고 깨어 있으려는 의식을 고양시키기 위한 노력을 보여 준다. 올바른 삶의 회복을 희구하는 그의 시는 비극적인 삶의 체험을 처절하고도 절제된 언어로 표출한다. 사회 현실을 날카롭게 비판한 풍자시 「오적」을 『사상계』에 발표하게 되는데, 구비문학의 풍자 정신을 바탕으로 한국사회의 부패와 거짓을 신랄하게 질타한 이 「오적」과 더불어 「비어」는 장시의 새로운 가능성을 보여 준 것으로 평가된다. 반공법 위반혐의로 구속, 기소되었으나 보석으로 풀려나기도 했다.

시집으로는 『황토(黃土)』(한얼문고, 1970), 『타는 목마름으로』(창작과비평사, 1982), 『대설(大說)』(창작과비평사, 1984), 『애린1』(실천문학사, 1987), 『애린2』(실천문학사, 1987), 『검은산 하얀방』(분도출판사, 1987), 『별밭을 우러르며』(동광출판사, 1989), 『중심의 괴로움』(솔, 1994) 등이 있고, 산문집으로는 『밥』(1984) 등이 있다.

독재 권력이 민주주의를 압살하려는 현실, 많은 민주인사들의 체포, 구금이 이어지는 상황을 1~2연에서 사실적으로 묘사하고, 3연에서는 그렇게 암울한 상황 속에서도 민주주의에 대한 갈망이 타오르고 있음을 말하고 있다. 그러나 차마 입 밖으로 외치지 못하고 '뒷골목'이나 '나무판자에' '남몰래' '숨 죽여' 쓸 수밖에 없는, 그래서 속으로 삼킬 수밖에 없는 지식인의 고뇌 또한 엿볼 수 있다. 곡이 붙여져 노래로도 널리 알려진 시이다.

시 「타는 목마름으로」는 유신 체제의 질식할 듯한 억압 속에서 민주주의 회복의 열망을 절규한 1970년대 초의 기념비적 작품의 하나다. 이 시는 1975년에 발표된 것으로 1970년대 중반, 이른바 '10월 유신'이라고 불리는 군사 독재정권의 강압이 극에 달한 상황 속에서 민주주의에 대한 열망을 담아 노래 한 작품이다. 무력으로 집권한 군사 독재정권이 자신들의 영구 집권을 목표로 해서 단행한 10월 유신은 우리나라의 민주주의를 암살한 계기였다. 시민은 그와 같은 군사 독재정권의 강압적인 통치에 맞서 민주주의의 회복을 부르짖어 왔고, 그로 인해 거듭되는 체포와 구금에 시달렸다. 그러한 상황에서 이 작품을 발표함으로써 시인은 또다시 체포, 구급되는 상황을 맞게 되고, 이 작품은 이른바 불온한 작품으로 취급되기에 이르렀다. 그러나 이와 같은 독재정권의 탄압에도 불구하고 이 작품은 대학가를 중심으로 은밀하게 읽혀졌고, 급기야는 노래로까지 만들어져 수많은 사람들에게 민주주의에 대한 열망을 심어 주었다.

이 시가 널리 사랑을 받아온 이유는 우리의 불행한 정치사와 깊은 관련을 맺고 있으나, 그것이 전부라고 할 수 없다. 이 시의 문학성 또한 시대성 효용성을 뛰어넘고 있기 때문이다. 특히 이 시는 절실하면서도 자칫하면 추상적인 구호의 수준에 그치기 쉬운 민주주의에 대한 열망이라는 주제를 다루면서도 생경하고 공허한 구호의 수준에 그치지 않고, 그것을 시인 자신의 개인적 서정으로 육화시켜서 표현함으로써 깊은 공감을 이끌어 내고 있는 것이다. 이 시가 1970년대 저항시의 정점에 서 있는 것으로 평가받는 것은 그러한 이유 때문이다.

한 편의 작품은 그것이 어떤 문맥이나 상황 속에서 독자들과 만나게 되느냐에 따라 그 해석 내용은 물론 울림의 폭이나 깊이가 다르게 마련이다. 김지하의 작품 「타는 목마름으로」는 특히나 당대의 시대적 문맥과 깊은 연관성을 지니고 탄생된 것이기 때문에, 그 당시와 시대적·사회적 문맥이 달라진 시점에서 감상을 할 때에는 그만큼의 절실성이나 시적 울림이 일어나지 않는 게 사실이다. 하지만 훌륭한 작품은 시공을 초월하여 생명력을 지니며 독자들에게 파고들 수 있는 것이거니와, 김지하의 이 작품은 정도의 차이가 있을지언정 인류의 소망을 기원하는 사람들에겐 여전히 감동을 주기에 충분하다.

2. 영화 속 시와 이데올로기

2.1. 〈일 포스티노(IL POSTINO)〉

영화 〈일 포스티노〉는 20세기 대표적인 칠레의 공산주의 혁명가이자 노벨문학상을 수상한 민중시인 파블로 네루다(Pablo Neruda)와 외딴섬 우편배달부가 나누는 소박한 우정과 사랑을 담은 영화다.

원작소설은 안토니오 스카르메타[3]가 14년 동안 게으름을 피우며 썼다는 『불타는 인내: 네루다와 우편배달부(Ardiente Paciencia: El Cartero de Neruda)』이다.

작은 섬의 우체국장은 네루다(Pablo Neruda)의 도착으로 엄청나게 불어난 우편물량을 소화하지 못해 고민하던 중 어부의 아들인 마리오 로폴로(Mario Ruoppolo)[4]를 고용한다. 처음에 마리오는 천재적인 로맨틱 시인 네루다와 가까이 지

3) 안토니오 스카르메타: 1940년 칠레 출생. 칠레대학 철학과 졸업. 미국 콜롬비아대학 예술학 석사. 칠레대학 교수. 칠레의 대표적인 '포스트 붐' 작가.

4) 안토니오 스카르메타의 원작소설에서는 마리오 히메네스이다.

파블로 네루다 우표(Stamp Pablo Neruda)

파블로 네루다(Pablo Neruda, 1904.7.12~1973.9.23): 본명 네프탈리 리카르도 레이에스 바소알토(Neftali Ricardo Reyes Basoalto).
칠레 마울레주 파랄에서 출생하였다. 칠레의 수도 산티아고의 대학에서 철학·문학을 수학하였으며, 1927년부터 양곤, 스리랑카, 싱가포르 등지의 영사를 역임하고, 1934년부터 1938년까지 마드리드의 영사가 되어 R. 알베르티 등의 전위시인과 교제하였다.
어려서부터 문학적 재능이 있어 시를 짓기 시작하였으며, 근대주의적인 「황혼의 노래(Crepusculario)」로 문단에 데뷔하고, 1942년 발표된 「20편의 사랑의 시와 한 편의 절망(絶望)의 노래(Veinte poemas de amor y una canción desesperada)」에서 그의 독자적인 시경(詩境)을 개척하였다.
작품 「무한한 인간의 시도(Tentativa del hombre infinito)」, 「열렬한 투석병」을 거쳐, 최고의 작품이라고 주목되는 「지상의 주소(Residencia en la tierra)」(1931)에 이르는 과정에서 존재의 부조리를 날카롭게 파헤치는 초현실주의적 시인으로 변모하였다. 그러나 스페인 내란 이후의 상황 속에서 점차 정치적 자세를 첨예화시키게 되었다. 그러한 예는 「제 3의 주소(Tercera residencia)」(1945)에서 뚜렷하게 나타나 있다.
1944년에는 공산당에 입당하여 정치활동에 몰두했으나 후에 다시 일상적인 친밀한 생활을 노래하게 되었다. 이밖의 작품으로는 「커다란 노래(Canto general)」(1950), 「기본적인 오드(Odas elementales)」(1954~1957) 등이 있다. 1971년 노벨문학상을 수상하였다.
"네루다의 시는 언어가 아니라 하나의 생동이다"라고 정현종 시인은 말했다. 민용태 시인은 네루다 시의 생동감을 한 단어로 '열대성' 또는 '다혈성'이라고 표현했다. "실로 네루다의 시를 읽으면, 폭우에 흠뻑 젖는 느낌, 강렬한 태양 아래 벌거벗고 선 느낌, 폭풍우가 내 몸을 뚫고 지나가는 느낌, 그리고 빽빽한 밀림 속에서 공룡알로 누워 있는 느낌이 교차한다."

<일 포스티노(Il Postino)>(마이클 래드포드 감독, 1994)

사이에서 쌓여진 우정과 신뢰를 통해 마리오는 아름답고 무한한 시와 은유의 세계를 만나게 된다. 또한 마리오는 아름답지만 다가갈 수 없을 것만 같았던 베아트리체 루쏘(Beatrice Russo)와 사랑에 빠지게 된다. 놀라운 것은 마리오가 베아트리체의 마음을 송두리째 사로잡기 위하여 네루다의 도움을 찾던 중 내면의 영혼이 눈뜨게 되고 지금까지 깨닫지 못했던 자신의 이성과 감성을 발견하게 되는 것이다.

예술 작품을 평할 때 우리는 장르를 초월해서 '시적(詩的)'이라는 말을 종종 사용한다. 주제를 전달하는 데 있어서 함축이나 여백을 이용하는 경우, 혹은 간결한 표현이 무한한 내포를 지니고 있거나 소재 자체가 낭만적 서정성을 띠고 있을 때 우리는 '시적'이라는 수사를 작품에 더한다. 작가의 의도를 비일상적인 방식으로 부각시켜 전달한다는 점에서 궁극적으로 모든 예술 장르는 '시적'이며, 이러한 점에서 '시적'이라는 말은 '예술적'이라는 말과 상통한다.

시인의 눈과 카메라의 기술이 유발하는 효과 사이에는 유사한 공통점이 자리잡고 있는 것이다. 더욱이 영화는 그것 자체가 풍요로운 내포를 지닌 인간의 표정을 적극적으로 활용할 수 있어서 삶의 중층성이나 복잡한 내면 심리를 어떠한 장르보다도 탁월하게 전달할 수 있다. 인간의 표정을 자유자재로 표현해낼 수 있다는 점만으로도 이미 영화는 충분히 시적이다.

순박하고 순수한 시심의 소유자 마리오가 열정적이며 인간적 향취를 지닌 시인 네루다를 만나면서 경험하게 되는 시적 체험의 과정이 아름다운 영상 속에 담겨 있는 이 영화는 우리에게 시작(詩作)의 과정과 시의 의미를 잔잔한 감동 속에 전해 준다.

죽음을 앞에 두고도 최후의 힘을 다해 인상적인 연기를 보여 준 이탈리아의 국민배우 마시모 트로이지의 어눌함과 동화적인 마스크의 필립 느와르의 열정적 연기가 감았다 풀어내는 호흡은, 자전거의 유쾌한 리듬과 바다를 배경으로 한 풍광, 그리고 관능미를 잔뜩 머금은 베아트리체의 건강한 육체, 그녀의 매혹적인 시선과 어울리면서 영화를 부드러운 동감(動感) 속에서 출렁이게 한다.

2.1.1. 영화 속 시적 은유

이탈리아 영화이면서도 아카데미 외국어영화상이 아닌 작품상 후보에 올라 주목을 끌었던 〈일 포스티노〉는 노벨상 수상 시인인 파블로 네루다의 자전적 일화를 바탕으로 하여 시가 무엇인지를 평이하지만 결코 단순하지 않게 형상화한다.

'시가 무엇이냐?'는 마리오의 물음에 네루다는 '은유'라고 대답하고 이를 경험하기 위해 해변을 따라 천천히 걸으면서 주위를 감상하라고 권유한다. 이 세계를 흠뻑 경험하는 것이 은유를 발견하고 시를 쓸 수 있는 비결이 되는 셈이다. 이 감각 세계를 시의 대상으로 보고 있는 네루다가 마리오에게 시를 설명하는 방법 또한 매우 실감난다.

시를 낭송해줌으로써 시를 직접 체험하게 하는 네루다의 시도는 마리오로 하여금 시를 감각으로 느끼게 한다. 이는 시가 가지는 가장 중요한 특성 중 빼놓을 수 없는 것이 리듬이라는 점을 환기시키는데 그것은 이 영화에서 매우 중요하게 사용되고 있는 효과음악의 경우와 동일하다.

시를 설명해 주는 이 영화의 매력은 이러한 은유의 세계를 연애의 과정을 통해서 발견해 가는 데 있다. 마리오의 은유의 대상은 그가 사랑하는 베아트리체이다. 베아트리체를 핀볼의 원으로밖에 표현하지 못하던 마리오가 그녀를 은유의 대상으로 노래하는 과정은 언어를 통해 세계를 새롭게 경험하는 시작(詩作)의 과정을 매우 흥미롭게 보여 준다. 줄지어 터져나오는 표현 속에서 우리는 그녀가 마리오에게 있어서 은유로 이루어진 세계 자체, 마리오의 시적 영감의 원천이 되었음을 알 수 있다.

은유는 주부와 술부가 이어지면서 발생하는 수사이자 시

적 상상력의 본질을 이루는 사유 형식이다. 세계를 새롭게 발견하는 사유의 형식, 논리적으로는 말이 안 되지만 뜻으로 말이 되는 이 은유 속에는 실제 삶의 경험과 연결된 못 다한 말이 담겨 있다. 할 말이 세상을 논리적인 언어 이전의 말로 만들고, 마침내 말을 통해 세상은 상징으로 언어 세계에 들어온다. 삶의 경험을 말하려는 못 다한 말이 은유 속에는 담겨 있으며, 이러한 '한 말' 속에 못 다한 화자의 뜻이 현실을 지금과 다른 새로운 현실로 만든다. 은유는 현실 세계, 곧 경험 세계를 끌고 들어와 새로운 경험을 하게 한다.

영화의 종결부에 자막으로 처리된 네루다의 「시」는 시적 영감의 특성을 잘 보여 준다.

내가 그 나이였을 때 시가 날 찾아왔다.
난 그게 어디서 왔는지 모른다.
그게 겨울이었는지 강가였는지
언제, 어떻게 인지 난 모른다.
그건 누가 말해 준 것도 아니고
책으로 읽은 것도 아니고
침묵도 아니다.
내가 헤매고 다니던 길거리에서

밤의 한 자락에서

뜻하지 않은 타인에게서

활활 타오르는 불길 속에서

고독한 귀로에서

그곳에서

나의 마음이 움직였다.

이 시는 시적 영감이란 사람이 찾아가서 얻는 것이 아니라 어느 날 느닷없이 찾아오는 것임을 말하고 있다. 언제 어디서 어떻게 오는 것인지도 알지 못하고 방문하는 시적 영감에 의해 사람의 마음이 움직인다는 것은, 시적 사유의 주체가 시인이 아닌 시적 영감임을 가리킨다. 그것은 타자로부터 오지 않고 스스로의 체험의 현장에서 온다. 타인의 경험과 지식을 기술해 놓은 '책'이나 명상의 '침묵'에서 오는 것도 아니고 시적 영감이 강림한 사람의 삶의 현장을 통해서 오는 것이다.

마리오가 베아트리체에 관한 시를 한 편 써달라고 부탁하자 "無에서 有를 창조할 수 없다"면서 가방을 들고 밖으로 나가는 네루다의 모습은 시가 대상에 대한 경험으로부터 시작되는 것임을 시사한다. 시가 세계와의 경험을 통해서 이루어지는 세계라는 것은 〈일 포스티노〉에 일관된 시에 대한 인식이다. 앞에서 인용한 네루다의 시에서 보이는 것처럼 시적 영감은 삶의 현장을 통해서 찾아온다.

네루다가 노동자나 민중을 시적 관심의 주요 대상으로 삼고 현실에 대해 계속적인 개혁을 요구한 공산주의자임을 강조한 점이다. 공산주의를 시와 겹쳐놓는 것은 현실에 대한 적극적인 참여와 개혁 욕망이 현실을 새롭게 인식하는 시적 사유와 닮아 있기 때문이다.

〈일 포스티노〉에서 섬의 삶의 조건들을 개혁하고, 사이비 정치인 '다 코시모'의 행태를 비판적으로 접근하는 사람은 시인 네루다와, 시에 눈을 떠가는 마리오뿐이다. '다 코시모'의 기만적인 선거전략이 정체를 드러낸 후 "돈 파블로 선생님이 계셨더라면 선거가 이렇게 되지는 않았을 텐데"라며 탄식하는 마리오의 고백에서 확인할 수 있는 것처럼 시란, 아니 시적 사유란 현실에 대한 새로운 개혁 욕망이다.

〈일 포스티노〉의 배경이 되고 있는 섬 사람들의 삶의 조건이나 마지막 장면의 비극성은 인간들의 삶의 암울함을 반영하지만, 그것을 바라보는 카메라의 시선이 따뜻할 수 있는 것은 새로운 세계를 꿈꾸는 은유의 힘 때문이다. 어찌 보면 은유의 욕망이란 변혁을 꿈꾸는 인류 역사의 장구한 욕망이라 할 수 있겠다. 현실에 대한 변화의 추동력도 대상에 대한 시적 사유의 능동적 표현임을 시사한다. 마리오라는 개인을 변화시키는 시의 힘이 사회화되고 역사화될 때, 그것은 현실에 대한 변혁의 상상력이 되며 역사적 상상력이 되는 것이다.

시란 세계에 대한 해석과 갱신을 넘어서서 세계를 능동적으로 변화시킬 수 있는 상상력이며 사유의 힘이다.

2.1.2. 마리오와 시인 네루다

이와 관련해 우리가 유의할 대목은, 영화 결말 부분의 노동자 집회에서 마리오가 낭독하려했던 시가 마리오의 창작시가 아니라 네루다의 작품이며 그 장면을 네루다의 상상을 통해 처리하고 있다는 점이다.

"시란 시를 쓴 사람의 것이 아니라 그 시를 필요로 하는 사람의 것이다"라고 답한다. 이 답변에 이에 주춤하는 네루다의 반응은 〈일 포스티노〉의 감독이 영화를 통해 전달하려했던 시의 의미를 해명하는 단초가 된다.

시는 시인의 것이 아니라 시인을 통해서 전달되는 자연과 삶과 우주의 전언(傳言)임을 영화는 우리에게 보여 준다.

시란 세계의 존재들이 시인을 통해서 참여하는 세계라는 사실이 영화의 결말 부분에 구체적으로 형상화되어 있다.

다큐멘터리적인 화면으로 제시되는 마리오의 최후를 통

해서, 시란 시인을 통해서 전달되는 세계의 전언임을 〈일 포스티노〉는 제시하고 있는 것이다.

이 영화의 제목이 '시인'이 아니라 〈우체부-전달자〉인 것은 바로 이러한 인식을 담고 있기 때문이다. 마리오는 한 편의 시도 쓰지 못했지만 자연과 그의 삶을 통해 네루다의 언어로 자신을 드러낸 것이다. 여기에서 마리오는 시의 은유가 되는 것이며 시에 참여하는 세계가 된다. 이 영화는 '시인'에 관한 것이 아니라 '시'에 관한 영화인 셈이다. 시란 시인의 주체가 아니라 은유의 대상이 되는 이 세계가 주체인 장(場)이다.

시를 통해 매개되는 대조적인 두 인물은 시작(詩作)의 과정을 상징한다. 마리오가 언어 이전의 영감의 모호한 상태, 시 이전의 상태, 순수의 세계를 암시한다면 네루다는 언어로 형상력을 갖춘 시적 표현의 세계를 의미한다. 네루다로부터 시를 배우지만 자신의 시를 한편도 갖지 못한 마리오의 처지는 순수한 심정과 영감만으로는 시가 이루어질 수 없음을 우리에게 일깨워준다.

매우 강렬한 열정을 지니고 있으면서도 흥분하지 않고, 표정이나 행동이 따뜻하면서도 주책스럽지 않은 것은 시인으로서 네루다의 감성이 적절하게 절제되어 있기 때문이다. 통제되지 않은 감성은 사라지기 쉬우며, 그것 자체로 존재의 의미를 지닐 수는 없는 것이다.

정치적인 망명의 길에서도 자신의 자리를 끊임없이 모색하면서 자신의 정체성을 잃어버리지 않았던 네루다의 현실감각은 순수한 열정이 언어적 표현을 얻기 위한 필수적인 요소인 것이다.

시란 세상을 새롭게 보게 하고 그것을 통해 변혁을 꿈꾸게 하는 힘이다. 그 열정과 사유를 통어하고 언어를 부여하는 자를 우리는 시인이라 부르며, 그를 통해 우리는 또 다른 세계를 꿈꾼다. 꿈꿀 수 있는 사유의 힘, 이러한 시의 힘이야말로 낡은 감각이 무성한 오늘에 생기를 불어 넣을 수 있는 시대의 '일 포스티노'이다.[5)]

파블로 네루다처럼 다양한 시세계를 선보인 시인도 드물다. 그는 매우 감각적인 언어를 구사하는 초현실주의 시인이면서 동시에 민중을 선동하는 혁명시인이었다. 그는 열렬한 사랑을 갈구하는 격정적인 연애시인이면서 사물의 본질을 꿰뚫어보는 냉철하고 지성적인 시인이기도 했다. 직관으로 쓴 짧은 서정시로부터 아메리카 역사를 노래한 서사시까지 네루다가 보여 준 시의 스펙트럼은 칠레의 긴 영토가 대면하

5) 김문주, 『은유, 그 서정의 전언』, 305~319쪽 참고 및 발췌.

고 있는 바다만큼이나 파란만장하다. 그럼에도 불구하고 네루다가 유난히 사랑시를 많이 쓴 시인임에는 틀림없다. 사랑시를 쓴 시인의 경우 대중성은 확보하지만 그 질은 떨어지는 경우가 많은데 네루다는 그렇지 않았다.

사랑이여, 우리는 이제 집으로 돌아간다.
격자 위로 포도넝쿨이 기어오르는 곳:
당신보다도 앞서 여름이 그 인동넝쿨을 타고 당신 침실에 도착할 것이다.

우리 방랑생활의 키스들은 온 세상을 떠돌았다:
아르메니아, 파낸 꿀 덩어리—:
실론, 초록 비둘기—:
그리고 오랜 참을성으로 낮과 밤을 분리해 온 양자강.

그리고 이제 우리는 돌아간다, 내 사랑, 찰싹이는 바다를 건너 담벽을 향해 가는 두 마리 눈먼 새, 머나먼 봄의 둥지로 가는 그 새들처럼:

사랑은 쉼 없이 항상 날 수 없으므로

우리의 삶은 담벽으로, 바다의 바위로 돌아간다: 우리의 키스들도 그들의 집으로 돌아간다.

—「100편의 사랑 소네트 033」 전문

파블로 네루다의 시를 읽으면 마음속에서 바람이 불고 비가 오고 파도가 치다가 어느 순간 고요해진다. 비든 바람이든 파도든 고요든 그것들은 소름이 되어 살갗에 박힌다. 왜일까? 네루다의 시가 그만큼 격동하는 삶속에서 긴장과 이완을 반복하는 우리의 심장 박동을 닮았고, 그리하여 우리의 뼈와 살과 피부가 느끼는 감각을 생생하게 옮겼기 때문이다. 특히 여름에 읽으면 그 감동이 태풍처럼 강렬해진다. 그것은 네루다가 뜨거운 사랑의 마음으로 시를 썼기 때문이다. 바로 다음과 같은 마음이다.

"고통 받으며 투쟁하고, 사랑하며 노래하는 것이 내 몫이었다. 승리의 기쁨과 패배의 아픔을 세상에 나누어주는 것이 내 몫이었다. 빵도 맛보고 피도 맛보았다. 시인이 그 이상 무엇을 바라겠는가? 눈물에서 입맞춤에 이르기까지, 고독에서 민중에 이르기까지, 그 모든 것이 내 시 속에 살아 움직이고 있다."

—「사랑하고 노래하고 투쟁하다」(파블로 네루다의 『자서전』)에서